正念旅程

一段激勵內在潛能的啟蒙之旅

卡蘿莉恩·諾特貝特 Karolien Notebaert—著

管中琪—譯

Drei Tage, zwei Frauen, ein Affe und der Sinn des Lebens

Eine inspirierende Reise zu unseren Gedanken, Gefühlen und unserem verborgenen Potenzial

CONTENTS

如何更理解
我腦中的猴子？

第一天　從德羅哥夫特到格倫達洛

想法形塑未來

「媽媽，我怎麼知道自己是誰？」

我正在綁健行鞋的鞋帶，聽到這話，停下手邊的動作，驚訝地看著十七歲的女兒。她雙眉緊蹙，彷彿腦子裡亂哄哄的，不確定自己怎麼會忽然冒出這個問題。

我們昨天下午降落在都柏林機場，接著搭乘火車，穿過都柏林東岸如詩如畫的景致，在傍晚抵達德羅哥夫特（Drumgoft）的民宿。小小的民宿位於格倫馬魯爾（Glenmalure）山谷的中心，屬於浪漫主義風格的農莊，距離我們健行路線的登山口，只有短短幾分鐘。今天早上，我被亞芬貝格河（Avonbeg）的淙淙水聲喚醒。亞芬貝格河小而湍急，緊鄰民宿旁，從山上奔流而下。

「欸，媽媽，我怎麼知道我這個人是誰？又想成為什麼樣的人呢？」我們出發健行時，瑪麗又問。

我該如何用寥寥幾句話，來回答這麼根本的問題？

每年，我們總會結伴旅行一次，浸淫在對大自然的愛中，強化我們對自己、對彼此的連結。瑪麗有一半愛爾蘭血統，一半比利時血統，很久以前就想踏上她的愛爾蘭故鄉。今年，我們決定前往愛爾蘭東部的威克洛山脈（Wicklow Mountains）。威克洛山脈比喜瑪拉雅山和阿爾卑斯山還要古老，散發獨特的靜謐與美。

我們離開民宿，走過一座石橋，跨越亞芬貝格河，邁向一百三十公里長的威克洛步道（Wiclow Way）。我們的目的地，是德羅哥夫特與恩尼斯凱里（Enniskerry）之間的「威克洛之心路線」。那兒有好幾條未開發的原始步道，沿途景色壯麗。格倫達洛山谷（Glendalough）的湖光山色，以及愛爾蘭最高的一道鮑爾斯考特（Powerscourt）瀑布，尤其令我著迷。

從法蘭克福出發前一天，我依然忙得不可開交，更加迫切需要休假。在這一刻，我想不到還有什麼比大自然、寧靜、健行與交談更美好的，尤其還與女兒同行。

「嗯，首先：妳已經是某個人了。」我開始回答：「我堅信，我們在生涯的每一步都是完美的，只是尚未完成，因此會持續成長和變化。」我邊想邊說，而非給瑪麗一個具體的答案。

「我怎麼知道自己想要變成哪一種人？」

我顯然讓瑪麗更加困惑，而不是釐清她的問題。

她接著又補一句：「妳知道妳是誰嗎？」

我思索了一會兒：「有時候，我是知道了自己不想成為什麼樣的人，才發現自己是誰的。」

我們在生涯的每一步都是完美的，只是尚未完成，因此會持續成長和變化。

「那是什麼意思？」

「我舉個例子解釋給妳聽。妳還小的時候，我已經在神經科學領域工作十多年了。我收集人類大腦的資料，探索各式各樣的問題，尤其是促使大腦產生最佳效能的方法。我和團隊進行許多相關實驗。有天，我和一位同事共進午餐，一邊討論我們的計畫，她忽然說：『真希望能有幾天不受干擾，研究資料、進行分析，那我絕對是世界上最快樂的人！』我本來以為她在開玩笑，但是從她的表情看來，能獨自鑽研資料，真的讓她非常開心。一開始，我納悶她是否有點糊塗了，換成是我，如果有幾天休假，還寧願暫時拋開研究資料呢。但是我很快明白，我們兩人截然不同，她會因此覺得快樂，我卻不是；她至少樂在工作，可是工作無法讓我感到滿足。不過，更糟的是，在這次談話之前，我以為對工作沒有熱情是正常的，畢竟那就是一份職業。雖然我對科學新知充滿熱情，也樂意傾聽偉大科學家的見解，但即使我懂得這麼多理論，總還是覺得缺了點什麼。在那次午餐，我真正豁然開朗了，了解自己並不想成為那樣的科學家。有了這個認知，我越來越輕鬆，內心得到解放，迫不及待想要探索新的道路。」

我們陷入沉思。過了一會兒，瑪麗問：「那是說妳浪費了十年的生命嗎？」

我不由得笑了：「不，絕對不是。我熱愛神經科學。但要追求這份熱情，不一定要從事研究工作啊。」

「高中畢業後，妳怎麼知道自己就是想學這個？」瑪麗故意問我。

「噢，這個部分至少要從二十年前說起，因為我從小就是好奇寶寶；到現在仍然一樣，這妳也知道。」我對她眨眨眼。「我很嚮往能夠認識這個世界、了解這個世界。念十一年級時，想到還要念完後面高年級課程才能上大學，就覺得很漫長。當時，我在家裡有一本小書，裡面列出所有可能的大學課程。我每天晚上一遍又一遍翻閱，思考自己想要念什麼。」

瑪麗進一步問：「有哪些課程呢？」

「我記不太清楚了，不過我喜歡醫學、法律和藝術史。後來，有個朋友建議我，乾脆把高中畢業考前最後兩年的課程濃縮成一年念完。其實他是開玩笑的，但我把建議聽進去了，最後也辦到了。」

「真是太扯了！」瑪麗驚呼，「那不是超多功課的嗎？」

「實際上沒有想像那麼多，渴望盡快念大學的念頭，驅使我不斷前進。我沒有比其他同齡人聰明，但是動機非常強烈。一旦妳真的、真的很渴望某個東西，就會湧現出幹勁。可以說，是我給自己安上了翅膀。於是我在十七歲那年，進入了魯汶大學。」

瑪麗若有所思看著我。「和我現在一樣大耶！妳搬出去之後，不會想家嗎？」

「當然會呀。」我強調說，一邊拂去臉上一綹鬈髮。「在智力上能夠勝任某事，不表示在面對此事時，情感也相對成熟。我在生活中一次又一次學到，感受需要時間發展；以理智解決了事情，並不能加速情感成熟。」我停頓了一會兒，思緒回到過去，想起我的母親。「我想外婆也意識到了這一點，她好幾次嘗試告訴過我。」

瑪麗說：「我不太懂。」

「外婆話不多，她這個人寧可站在後面，而不是主動引導孩子，或給孩子建議。但是我打包行李那天，她說：『茱莉葉，我很清楚，妳擁有無窮的潛力。所以永遠別忘記，妳一旦充分發揮潛力，成為最好的自己，就能取得最棒的人生成就。』」

「我真沒想到外婆會說這種話。」瑪麗微微一笑說，微風不斷把幾縷細髮吹到她臉上，她索性把紅色長髮紮成辮子。

「我也一樣。」我笑著說。「不過，當時我沒有深入思考她的話。畢竟我是個青少女，對於爸媽講的話沒有多大興趣。但是，正是這番話，真正影響了我的生活的。現在回到妳的問題：事實上，這番話幫助我發現了自己是誰。」

風變強了，我再次拂開臉上一綹鬈髮。在愛爾蘭，只有兩種明確的天氣：要不颳大風，就是下大雨。希望我們健行期間不會遇上下雨。

「上了神經科學第一堂課後，我就確定自己非常喜愛這門課。當時教授解釋了腦細胞的運作方式，也就是神經元。我現在還清楚記得，神經元的構造是如何吸引著我，那種自然之美，充實了我的情感。於是我決定專研神經科學。有一天，我又想起了外婆的忠告。」

想起這一切，我才意識到自己那時候也開始考慮生育了。我微笑看著女兒。我的長女，讓我感受到父母才能體會的本能的愛。我始終很好奇，愛一個人怎麼可能愛得如此強烈且毫無保留？瑪麗還小時，就已經纏著我問了許多人生問題，隨著時間過去，她也逐漸對感受與情緒培養出敏銳的觸角。

我們漫步在雲杉林裡，周圍地面長滿厚厚的紫萁。四周一片靜謐，只聽見腳下碎石喀啦喀啦的聲音。我享受著我們一致的步伐，感覺自己是大自然的一分子。一股平和的愉悅感受流淌過我全身。

「妳是說：成為最好的自己嗎？」

「沒錯。後來我問自己，充分發揮潛力、成為最好的自己，是什麼意思？而我又進一步問：大腦如何才能充分發揮潛力，發揮最佳效能呢？」

瑪麗語氣熱切問：「妳有什麼發現？」

「從科學上探索這個問題，開啟了一段迷人的旅程。旅程中，我不僅習得許多相關理論，而且也多有體悟，了解什麼叫做釋放個人潛能，對外展現真正的自我。我從中學會如何才能成為最好的自己。」

瑪麗默不作聲，似乎在消化我的話。她剛通過畢業考，站在人生嶄新階段的起點，如今也要踏入新大陸了。這趟威克洛步道健行之旅，無疑有助於她探索自己的愛爾蘭根源，進而更清楚認識真正的自我。

「我不認為妳永遠都能做最好的自己。」瑪麗的口氣透著懷疑。

我戳戳她的腰側。「對啊，我當然沒辦法一直做最好的自己！我認為這是一趟永無止境的旅程，讓我對於自己大腦的運作方式，以及想要成為什麼樣的人，有了新奇的體悟，在我決定人生大大小小的事情時助益良多。」

我們來到森林外緣，眼前景色令人心曠神怡。放眼望去，一片綠油油的草原，偶爾點綴著碩大的淡紫花叢，紫羅蘭色的石楠狂放盛開。我從旁注視著瑪麗，心懷感激能和她在這樣的時刻，用這樣的方式，一起佇立在這樣的地方。

成為母親，是我這一生最珍貴的禮物，同時也是最重要的任務。對這位陪伴著我、與我分享人生問題的年輕女孩，我心裡充滿愛與感激。

瑪麗小時候，有次我給她念完睡前故事，告訴她該睡覺了，她卻睜

有時候，我們在知道自己不想成為什麼樣的人後，才發現自己是誰。

著圓滾滾的湛藍大眼認真看著我說，我不應該決定她的人生，而是陪伴就好。沒想到，一個小女孩竟說出這麼有智慧的話。現在我深深體會到這番當年已經明白的話。我摟住寶貝女兒，親了她一下。

「進行研究的那幾年，從來就不是浪費。在這段時間，我理解了大腦如何運作，幫助我得以接納自己與他人。更關鍵的是，發現了自己是誰。」

瑪麗問：「這些知識同樣也可以幫助我尋找自己嗎？」

我回答：「我只能告訴妳，我在我的旅程中學到了什麼。不過，那或許能幫妳找到自己的路。」

「讓我幸福的路嗎？」

「是的，能夠幫妳實踐自我的路。或者換句話說，幫助了解妳是誰、想過什麼樣的生活。」

我們默默走著上坡路。坡度越來越陡，我的心跳越來越快。於是我們放慢腳步，最後終於來到山丘頂。我感覺肺部填滿清新的空氣。離開森林後，這是健行以來第一次將威克洛山脈盡收眼底。動人心魄！我恣意欣賞著一望無際的綠色山丘，心頭充盈著深深的滿足感。

看了一眼地圖，應該很快就會抵達山谷另一邊的卡拉威斯蒂克瀑布（Carrawaystick）。我閉上雙眼，感覺聽得見遠方的潺潺水聲。不過，那或許只是我的想像。

瑪麗說：「這裡好寧靜啊。」她張開雙臂，彷彿想要擁抱世界。「獨自漫步在大自然中，感覺時間就好像停止了一樣。」

的確，我們到現在還沒遇到別人。

「對啊，這裡真的很寧靜。」我側耳傾聽四周靜謐，思緒翻飛，想起以前經常躲進大自然，尋找這樣的安寧與祥和。當時我認為那是冷靜頭腦、擺脫紛亂思緒與擔憂的唯一方法，不了解其實是內心平靜與否的問題，而非周遭環境是否寧靜安詳。我們即使處在平和的環境，仍可能憂心忡忡；而在吵雜紊亂的世界裡，也能找到內心平靜。

我問瑪麗：「我們走路時，妳的腦袋是安靜的嗎？」

「妳是說是不是靜止的嗎？」

瑪麗蹙著眉。我點點頭。

「我沒有辦法說得很準確，因為沒注意腦袋裡的狀況。」她聳了聳肩。「我現在想起來了，我的腦袋不是靜止的，甚至不確定是否曾經靜止過。很可能我的思緒就是飄來飄去的。」

「有出現什麼特別的想法嗎？」

「浮現出了早餐的畫面。那真是一頓很豐盛的愛爾蘭早餐耶。」她哈哈笑著說。

昨天抵達之後，我們兩個都筋疲力盡，很早便上床睡覺。今早起床餓得要命，於是點了培根、炒蛋、香腸、番茄、豆子和土司的全套愛爾蘭早餐。

「我問妳腦子裡是否安靜，是想要解釋飄忽不定的思緒是從哪裡來的。」我眺望山谷。「觀察大腦不斷產出的大量思緒，能幫助我們了解自己是誰。我們的頭腦裡面，有個不斷說話的細微聲音。」我凝視著她。「這個聲音剛才告訴妳，早餐分量很多。而我則是想起目前正在讀的書。不過，這個聲音也提醒我要時時看一下地圖，免得我們迷路了。」

瑪麗打趣說：「這個聲音喋喋不休，真像一隻興奮得止不住嘴的小猴子。」

我不由得笑了。

「用這個來描述我們頭腦裡喋喋不休的聲音，真的是很棒的比喻：一隻不斷告訴我們要怎麼思考、感受與行動的猴子！」」

「這個聲音從哪裡來的呢？」

「我們的腦袋從來不會空轉，才會感覺腦子永遠沒有靜止的時候。」我用食指點點自己的額頭。「用妳的比喻來說，就是猴子不停在說話。長久以來，神經科學認為，我們必須利用大腦進行訊息處理或操作等智力挑戰時，例如解決數學或複雜的難題，大腦才會變得活躍。」

「寫數學真的很傷腦筋。」瑪麗附和說，然後進一步問：「不過，妳的『訊息操作』是什麼意思？」

「我再舉個例子解釋。」我想了一會兒。「我讓妳猜個謎，妳從小就喜歡猜謎：兩個人站在河邊，想要前往對岸，不過船只能載一個人，可是兩個人都得過河。要怎麼辦？」

瑪麗東張西望，然後在路邊一株樹樁坐下。她努力整理從髮辮鬆落的髮絲。

「在船上，一個人可以坐在另外一個人的大腿上嗎？」

「不行，船會沉下去。」

「有兩艘船嗎？」

我回答：「這個想法不錯。不過，船只有一艘。要給妳提示嗎？」
「不要！」瑪麗脫口而出。「雖然謎題並不簡單，但我要自己想出答案！」
「沒錯，這道謎題確實很難！不過，我只是想要告訴妳，我們如何能操控大腦裡的訊息。我丟給妳一些能夠消化的片段，於是妳想像出有兩個人、一條河和一次只能載一人的船。現在，妳試圖要破解謎題，便是操作了這些訊息；妳藉此嘗試組織不同的場景，想要找出正確答案。」
「啊，懂了。甚至船可能還有而不是只有一艘的機率？或者，一人坐在另一人腿上。」瑪麗大聲說出想法。
「是的。就像剛才說的：長久以來，科學認為大腦只在面對智力挑戰任務時，才會活躍起來，其他時間都處在靜止的狀態。」
「就像躺在沙發上放鬆一樣？」

「正是，就像躺在沙發上或蒔花弄草放鬆一樣，就是從事不需要花費腦力的工作。」我朝瑪麗伸出手，把她從樹樁拉起來，表示我們要往下走了。「不過，大概一個世紀以前發現，我們的大腦從未真正進入靜止狀態，即使當下不必解決難題，也一樣活躍。大腦某些區域甚至在身體休息時更加活躍。我們在神經科學領域稱之為『自發活動』（Spontane Aktivierung）。這種活動會自動發生，或者由大腦自動觸發。」

「自發活動。」瑪麗緩緩念出，彷彿如此更能理解這個概念，然後她同意說：「沒錯！感覺我的想法隨心所欲，來來去去的。」

我們走在狹窄的石子路下山，小路蜿蜒穿過茂密的石楠林，通往穆拉科山腳（Mullacor Hills）。

「是我飄忽不定的思緒讓我想起了豐盛的早餐嗎？」

「正是這樣！我們把這種思緒稱為『腦中猴子』怎麼樣？我喜歡這個比喻。」我疼愛地從旁看著瑪麗。「妳有沒有感覺自己需要請猴子開口講話才行？」

「不太需要。」她陷入思考說。「我們並肩前行時，我什麼都不必做，牠就直接提供我一些有趣的想法。可是，牠到底為什麼一直說個不停呢？為什麼我們置身在這麼美麗的風景中，我想到的卻是早餐？」她踢掉腳前幾塊小石頭。「不管猴子說了什麼，都和眼前的事情無關。」

「如果沒有特地把注意力集中於眼前正在做的事情上，拿現在實際的例子來說就是健行，我們的思緒就會飄離；腦中猴子變得活躍，開始喋喋不休。大腦製造的第一類想法，是與我們本身和自身經歷有關的訊息。例如，今天早上的愛爾蘭早餐。」

「妳是說那份超級豐盛的愛爾蘭早餐嗎？」瑪麗開玩笑糾正我說。

我微微一笑。「妳說早餐『超級豐盛』，歸根究柢，也只是腦中猴子製造的另外的想法罷了。妳不僅記得吃了早餐，還為這個訊息加上個人意義。妳說早餐『超級豐盛』，但別人也許覺得那早餐『分量不多』或者『一般』而已。」

瑪麗覺得好笑，說：「我絕對可以想到幾個人。」

「原因在於，別人的大腦和妳不一樣。」我繼續解釋。「猴子提供了我們自身的訊息，以及我們個人對訊息的詮釋。如果有人講笑話，我的理解或許就與妳不同。」

瑪麗補充說：「也許我覺得好笑，但妳覺得是胡說八道嗎？」

「沒錯，我甚至可能覺得侮辱人。詮釋一個笑話，有不同的方法，取決於我們思維的獨特網絡結構。」我繼續解釋。「也就是說，妳的猴子擁有妳的訊息、知道妳的經歷，以及妳如何詮釋經歷。正是這種詮釋，使得這種經歷成為妳個人的獨特經驗。」

陽光短暫在雲間露臉，瑪麗眨了眨眼睛。我從背包取出水壺給她。

「而這種個人詮釋會引發感受。如果妳的猴子將笑話詮釋成有趣的，妳就會哈哈大笑，感覺很開心，而我可能覺得笑話令人困惑，甚至感到被冒犯。雖然我們兩人得到同樣的訊息，卻有自己獨特的理解方式，進而發展出相對應的感受。」

瑪麗猛地灌下幾口水，又把水壺還給我。我們接著默默上路。

「噢，妳看，好多羊喔！」瑪麗大叫。

看著眼前的羊，我腦中的猴子瞬間開始說話，我想起了以前剛來愛爾蘭旅行的事。當時我租了一輛車——要適應右駕真是一大挑戰！——一路往西開，想去探索阿基爾島（Achill Island），漫步在崎嶇荒蕪的大西洋海岸。那時路上也有羊群出沒。在愛爾蘭，許多自然景致仍未開發，動物也能自由行動，每次看到，我的心都暖了起來。我非常喜歡沉浸在美好的回憶中，因為我們的感受深深受到思緒左右。

我們的能力沒人能拿得走，當我們相信自己的能力，就已經贏了一半。

我腦海忽然浮現瑪麗的一件事。我看著她說：「瑪麗，妳還記得幾個月前的八百公尺賽跑嗎？妳那時有什麼感覺？」

「嗯，獲勝的時候我很得意。但是，我記得比賽前緊張得要命。」

「為什麼緊張呢？」

「因為那是重要的比賽，我知道許多人會來看。不過，我也知道自己受過嚴格訓練，做好了萬全準備。而那幫助我克服緊張，保持專注。」

「我也記得妳非常緊張。」我附和她說。「妳還在開跑前不斷深呼吸，集中注意力。現在想像一下，如果教練告訴妳沒有機會贏得比賽，會影響比賽結果嗎？」我挑戰瑪麗問。

「我想應該贏不了。」她不假思索回答。「我肯定喪失自信。」

我進一步問：「也就是說，妳的實際才能和嚴格訓練發揮不了作用嗎？」

她頓了一會兒，然後確認說：「不，當然不是。那不會影響我的能力。」

「妳說得沒錯，妳的能力是妳的能力，沒人拿得走。妳相信自己的能力，就已經贏了一半。不過，妳對自己能力的看法，是會影響妳的成績的。那些想法有辦法封閉妳的潛能，卻也可以釋放潛能，幫助妳成為最好的自己。這點我們晚點再談。」我放慢腳步，瑪麗也減緩速度，與我齊頭並進。「現在我想先解釋一下，思緒與信念決定我們的感受這件事。」我搜尋瑪麗的目光。「妳若是認為自己數學很爛，那就會影響到妳的動機與課業表現。由妳的想法引發的負面情緒，會耗損大腦龐大的能量，而那又反過來影響到妳實際的成績。」我解釋著。「有些人從小認為自己不擅長某些事情，很可能是因為他們在家被灌輸這樣的想法，例如神經科學只適合真正聰明的學生，或者騙女孩說念神經科學是男孩的事。」

「這也是有道理的。」瑪麗打斷我：「提到偉大的科學發現時，通常講的都是男性，不是嗎？」

「妳可以舉幾個例子嗎？」

她想了一下，然後數說：「吶，愛因斯坦、達爾文、牛頓……噢，還有特斯拉。」

「沒錯。但是，也有厲害的女性自然科學家。妳聽過居禮夫人嗎？」

「聽過！她不是得過諾貝爾獎嗎？」

「對，二十世紀初期，她因為研究放射現象有了重大突破，得到諾貝爾化學獎。但是，她在前瞻研究方面也獲得夙負盛名的獎項。桃樂絲・霍奇金（Dorothy Hodgkin）也是位超群出眾的科學家，同樣得過諾貝爾化學獎。」

瑪麗回答：「可是感覺有名的男性科學家好像比女性還多。」

「這點也沒錯。回顧過往，妳會發現男性在科學界比女性還多。原因在於，當時普遍讓男性接受教育，女性卻必須待在家裡，輔助家人，操持家務。」

瑪麗喊道：「那很不公平耶。」

「現在妳聽起來覺得不公平，但是以前大部分人都認為沒有問題。難怪走上學術生涯的男多於女，我們聽過的男性科學家比女性多。這樣的結果，又導致我們大腦裡『男性』與『自然科學』的連結，強過『女性』與『自然科學』的連結。」我解釋著。

瑪麗補充說：「於是就形成了信念，然後猴子告訴我們，自然科學比較適合男生，比較不適合女生。」

「就是這樣。雖然實際來看，男生與女生在自然科學上的天賦是平衡的，但有意無意間，我們的行動受到信念左右，在沒有察覺的狀況下，影響了我們的決定，進而影響我們的生命軌跡。」

瑪麗忽然加快腳步，我吃力跟上她的步伐。

「一旦女生認為男生更擅長自然科學，很可能會決定不從事相關研究工作。」我發現自己音量變大了，不只是為了抵抗變強的風。「那往往是無意中做出的決定，而很可惜的是，大量潛力也因此失去了。在人類歷史中，如果女性和男性的教育機會均等，我深信她們同樣會參與自然科學的研究。」我語氣堅定說。「妳看，在形塑我們的生活和未來世上，信念和思緒扮演了非常重要的角色。而我們多半都沒有意識到這點。」

瑪麗點頭，不發一語。

「不過，好消息是，我們可以左右自己的信念與思緒。」我挽起瑪麗的手。「首先，重要的是去覺察我們的想法，這樣才能重新建構。當我意識到自己在詮釋外界時，也可以特意賦予另外的意義。換句話說，我們看見的，不是外界發生的事情，而是發生在腦中的一切。說明白一點，處理我們的思緒，對於我們的情緒以及生活品質能產生正面的影響。」

我建議說：「我們休息一下，吃點東西，看看地圖。」

我們在路邊看見幾顆散石，能讓人坐下歇會兒。陽光驅散了雲朵，風兒也減弱了些，至少暫時如此，天氣變得和暖舒服。我們享用帶來的起司三明治。

過了一會兒，瑪麗說：「妳知道嗎，我的猴子一直對著我喋喋不休耶。我以前從來沒有注意過。即使現在我放鬆休息，閉上眼睛，牠也說個不停。感覺好像永遠無法讓牠安靜下來。」

我點頭。「我知道，寶貝，那是我們繁忙活躍的思想網絡。我們一方面能讓猴子安靜，另一方面又可讓牠說我們想聽的話。不過，這個我晚點再解釋給妳聽。現在妳明白我們的思緒非常強大就夠了，我們自己的命運其實是從一個想法開始的。著名的印度自由鬥士甘地（Mahatma Gandhi），曾經說過相關的話：

注意你的思想，
那會成爲你的語言。
注意你的語言，
那會成爲你的行動。
注意你的行動，
那會成爲你的習慣。
注意你的習慣，
那會成爲你的性格。
注意你的性格，
那會成爲你的命運。

收拾東西時，我細細體會著甘地的話語。第一次讀到這段話時，我感受到自由與自我負責，因為我瞬間明白，我不必任由命運擺布，而是能夠透過思想，積極創造命運。雖然我無法避免大腦製造想法，卻能有意決定要如何處理這些思緒。我深深吸了幾口氣，再次感受到甘地話語產生的強勁作用。

女兒問：「沒事吧？」對我燦爛一笑，露出潔白整齊的牙齒。

「棒透了！」我也笑了，心滿意足繼續邁開步伐。

過了一會兒，我開口說：「我們的大腦也會出現對他人的看法與觀點。妳知道，妳八百公尺賽跑時，我在想什麼或有什麼感覺嗎？」

「我知道妳很驕傲我贏得了比賽。在比賽開始前的話，妳大概認為我會贏。」

「妳怎麼知道的？」

「我並不知道，那只是猜測，畢竟妳是我媽媽嘛。」

我不必任由命運擺布，而是能夠透過思想，積極創造命運。

我深受感動，摟住她的肩。「那就是大腦製造的第二類想法，訊息包括我們對他人的看法與感受。上課時，若是看到有些人緊皺眉頭，我的猴子或許會詮釋成困惑或無趣。不過，牠也可能將這種表情解釋成正在專注思索主題。但是，如果牠告訴我，學生不感興趣，我就會覺得不安；反過來說，要是猴子表示學生正專心思考討論的主題，我就會感覺很棒。如何看待他人以及他們的感受，會影響我們自己的感受，進而又引導我們採取相關行動。回到我的課堂例子，一旦我感覺不安，就會決定更換主題，甚或休息一下；但我若是感受到動力，則會進一步實際做習題。讓人驚訝的是，別人真正的想法與感受，對我自身的感受與行動而言並不重要。我的下一步行動，僅僅取決於我的猴子說了什麼。」

「我不能多少決定猴子對我說什麼嗎？」瑪麗似乎有點不開心。

「我們生下來就具備某種特定性格，那深深影響著我們的經歷。有些人天生渴望人際關係，與他人共度時光時，能深深感到滿足。這種感受，引導他們尋求更多的社交互動與連結。我們都希望能一再重複那些讓我們感受到積極正面的事情。」

「我們不都希望和他人建立連結嗎？」瑪麗問得沒錯。

「我想是的。我們都需要愛、需要與他人共度時光，這是人類的基本需求。但是，這種需求在每個人身上不盡相同，並影響我們的思緒以及相關經驗。如果想花許多時間與別人共處，自然會尋找這一類情境；即使我們沒有意識到猴子的存在，牠也會不斷認證這樣做很好。接著，這類情境又會促成某些體驗，而體驗又成為大腦網絡的一部分。某一情境重複得越頻繁，就會變得更加明確，並且成為大腦中的固定連結。這樣一來，情境就擁有了決定妳行動的力量。」

瑪麗停下腳步，從背包拿出一顆蘋果。

「我不太確定是否聽懂了，所以大腦會不停改變嗎？」

「是的，大腦的確會改變，我們稱為『神經可塑性』。很久以來，人類以為成年以後，大腦就停止變化。但是許多最新研究顯示，大腦其實持續在變化中，甚至到了一百歲也一樣。」

瑪麗搖著頭，一臉不可置信，一邊咀嚼著蘋果。

「我聽過一個九十歲的老人還在學中文！」

「他是中國人嗎？」瑪麗嘻嘻笑著。

我哈哈大笑。「我不知道他來自哪裡，但絕對不是中國人。他愛上了一名中國女子，學習中文的動力想必非常強烈。」我停下腳步，因為我需要使用雙手在空中畫出想像的圖像。「我們來看一下大腦的結構。」我情緒高昂，真希望能用模型向瑪麗說明我的論述。「大腦的磚頭，是腦細胞或說有長長尾巴的神經元，神經元透過尾巴彼此連結，每個神經元可與多達一萬個神經元建立連結。考慮到大腦由一億個神經元組成，就可以想像可能存在多少的連結，那是一種非常複雜且緊密的腦細胞連結網絡。」我眼前清楚浮現展示給學生看的相關教材。「我想說的是：我們可以操控這樣的連結，那就是剛才說過的『神經可塑性』。我們能強化連結，也能削弱連結。想像妳正在學中文，一開始，中文字對妳不具任何意義，也就是說，在妳複雜的腦神經網絡中，某個特定的中文字與妳腦中的詞彙和圖像尚未產生連結。現在，假設妳學了中文字『出口』，仔細觀察，妳會發現那看起來確實很像一個出口。妳費了點力氣，將『出口』與其含意連結起來，透過不斷練習，持續強化連結。最後，妳一看到這個詞彙，就立刻知道正確意思了。」

「啊，我小時候就是這樣背數學圖表的。」瑪麗想了起來。

「沒錯。這是個簡單的例子，說明大腦可塑性的運作方式。不過，一旦涉及到感受，學習曲線可能就完全不同了！」

「妳的意思是，老人因為談戀愛，所以學中文比較容易？」

「愛情可以是學習過程的一個強烈動機。老人真的很愛這名女子，無論如何都想和她交談，所以幫助他在九十歲高齡還學習一門新的語言。」

瑪麗說：「我懂了。也就是說，只要我知道為什麼做，就會更有動力，而不是不了解原因就死記枯燥的資訊。」

「了解某事為什麼對我們很重要，確實是一種動機。不過，有時候只需要一次經驗，就能夠終身受用。」我繼續說。「妳怎麼知道自己不該喝太燙的湯呢？」

「當然，我還記得小時候喝熱湯燙到舌頭。」瑪麗回想起往事，臉皺了皺。

「沒錯。燙傷引起疼痛，由於疼痛的經驗太強烈，妳的大腦便將『熱湯』與『不可以喝』或『小心！』連結在一起。相信我，寶貝，我之前告訴過妳幾百遍，喝熱湯要小心，卻沒有達到同樣的效果。我當然能提醒妳幾千遍，但是真正經歷過後，才有辦法產生強烈的連結。我會永遠保護妳免於危險，但我也明白，唯有親身經歷，學習效果才是最強。」

瑪麗若有所思，問：「所以意思是，如果我告訴露易莎騎腳踏車不要橫衝直撞，對她沒有多大幫助嗎？」

「首先，妳是她姊姊，我不覺得露易莎願意聽妳的。」我微笑看著她說。「但是，大腦內的連結若是夠強，我們就會受到引導。而情緒對此也有幫助。例如，露易莎若是得知有人因為騎太快而受傷，心裡就會產生不舒服的感受；這種感受進而強化大腦裡『飛速』與『危險』的連結，最後形成她穩健適度的騎車風格。」我停了一下。「我們即使知道自己處於不利的狀況，也往往不會積極尋求改變。」

瑪麗說：「就像抽菸一樣。大家都知道尼古丁有害健康，包括吸菸者在內，卻還是抽不停。」

「因為這種認知，力道通常不足以戒掉癮頭。我同事史蒂芬以前菸抽得很兇，幾年前被診斷出心臟有問題。我不確定是否和抽菸有關，不

一夜之間改變習慣是可能的。這種感受上的準備，絕對非常重要。因為到頭來，是感受引導你、帶給你改變的動機與能量。

過史蒂芬認為是抽菸造成的，第二天立刻戒掉了。這種情緒轉眼間形成一種經驗，在他大腦裡將『尼古丁』與『對我造成危害』緊密聯繫起來，這時他才能夠戒掉菸癮。感受到自己變得不健康，比單純知道或了解，作用更加強大。」我總結說。

我們決定休息一會兒，曬曬太陽，捕捉天空中雲彩變換。我順便查看地圖，喝了幾口水壺裡的水。接著，我從背包拿出香蕉，靜靜吃了起來。瑪麗在脖子繫上彩色領巾，因為雲朵一旦遮蔽太陽，會微微拂來沁涼的風。

過了一會兒，瑪麗問：「所以，就算我一直告訴朋友抽菸不好，對她也沒有幫助囉？」

「恐怕幫不上忙。不過，抽菸只是一個例子。」我又開始說。「還有一個例子：我透過研究認識許多超時工作的人，他們不喜歡自己的工作，卻大量加班，因此很少見到家人，也幾乎沒時間投入真正帶來快樂的事物。就這樣，他們錯過了能感受到幸福的一切。」

「人為什麼要過不開心的生活？」瑪麗覺得困惑。她撿起在草叢中發現的石頭，翻來覆去，好奇把玩著。

「經過多次交談，我逐漸明白，那些人不一定意識到自己心理狀態多不健康。他們滿口抱怨，我問為什麼還要繼續下去，卻往往聽到他們回答需要錢，用來繳交年金、支付房貸與車貸，以及子女教育費等等。」

瑪麗說：「不過，這些真的很花錢，不是嗎？」

「當然。不過，我不禁好奇，在實現一切的過程中這麼不快樂，真能好好享受房子、汽車、養老金嗎？」我轉向瑪麗。「我怎麼知道妳接受珍貴的教育後，就能過上幸福的日子呢？」我口氣急切。「最慘的是，優秀的教育很可能導致妳在一份不喜歡的工作中超時加班？不是說我不願意妳接受良好教育。如果妳喜歡念書，就應該上大學；想當老師或烘焙師，就放手去做。理想的狀況是，妳的決定反應妳真正的期望，而不是符合別人甚至是社會的希望或期待。有些人一輩子做著不喜歡的工作，只為了滿足別人的期望，例如父母。」

「或者他們還不清楚什麼事情讓自己開心。」瑪麗把石頭丟進草叢裡。

「很有可能。若是還年輕，生活經驗不足，或許沒有那麼容易。嗯……」我陷入思索。「我們假設一下，身為年輕人的妳，選擇了一個科系，因為那符合別人對妳的期待，或是妳自己也不清楚該念什麼。接著，妳選了一個起初很喜歡的相關工作，因為妳有機會學到新的技能，成為社交網絡的一份子，也能經濟獨立。幾年後，妳卻發現工作不像剛開始那麼有趣了。妳已經習得許多技能，社交網絡中也包括妳不太能忍受的同事，還習慣了薪水。這份工作曾經新奇又刺激，最後漸漸成為例行事務。幾年後，妳開始思考為什麼要從事這份工作，妳也許承認工作做得不開心，但是腦中的猴子很快跳出來提醒妳，別忘了房貸和建立起來的生活方式。工作這麼多年，這些習慣已經在腦中形成強烈的連結，某事重複出現的頻率越高，例如特定行為、某個想法或感受，控制妳日常生活的連結就越強。要打破習慣、開始新的事情，沒有那麼容易。」

「想要改變的話，強烈的情緒與感受有幫助嗎？就像那個學中文的戀愛老人一樣？」

「我想應該有幫助。特定經驗能夠喚起強烈的感受，所以在一夜之間改變習慣是可能的。這種感受上的準備，絕對非常重要。因為到頭來，是感受引導妳、帶給妳改變的動機與能量。」

「妳可以舉例嗎？」

「可以，不過我們先往前走吧。」我們背起背包，我挽著瑪麗的手，繼續前進。

太陽又消失在雲朵後方，一層薄霧籠罩山丘，天氣變涼了。濕氣瀰漫空氣中，在皮膚留下細細的薄膜。我們走到三岔路口，尋找標示牌上的威克洛步道的圖示，那是一個背著背包的黃色小人。我微微打顫，希望霧不要越來越濃。

「許多人很幸運，熱愛自己的職業、從工作獲得滿足；但我也遇過不少並非這樣的人。」我繼續說。「例如凡妮莎，她在弟弟過世當天，徹底改變了生活方式。」

瑪麗愣了一下，往上看著我。

「我大概三年前認識凡妮莎。她企圖心旺盛，事業做得有聲有色，但是並沒有從工作中得到樂趣。我問她會因為什麼事情感到滿足，她回答自己超級熱愛旅行。凡妮莎一直想旅行，卻始終說服自己還不是時候。剛開始工作時，她希望表現出色，所以超時加班，負責雄心萬丈的專案。幾年後，她攢夠了環遊世界的錢，卻又不想因為休假，威脅到下次升遷。於是好幾年過去，她承擔的責任越來越重，再也沒辦法一次休假幾個月去旅行。她每天很晚回家，累得沒有體力做真正喜歡的事情。為了紓解壓力，她把錢拿去買奢侈品，包括昂貴的汽車、設計師皮包與鞋子、異國服飾。」

瑪麗打斷我：「昂貴的皮包怎麼會讓人感覺好一點？」

「就凡妮莎的例子來說，正是這種衝動購物，引發了她內心小小的愉悅感。想要馬上買東西，是一種強大而持久的需求。我想大部分人都熟悉。」我看著瑪麗。「妳還記得我們最近去運動用品店嗎？妳怎麼樣都想買一雙新的運動鞋？」

「噢，記得。那雙真的很讚，可是幸好我們沒買，因為家裡已經有兩雙了。」瑪麗得意地說。

「但妳有一瞬間還是很想帶走，不是嗎？」

瑪麗對著我賊兮兮地笑。

「衝動購物能立即引發興奮感，準確來說，那是一種獎賞感。妳一看到運動鞋，大腦內的獎賞機制就開始啟動，並分泌神經傳導物質多巴胺。腦細胞和神經元釋放一種叫做神經傳導物質的化學物質，來溝通彼此，傳遞訊息。」

瑪麗淘氣地問：「這些神經元互相說了什麼？」

「我們來實驗一下，如何？」

「沒問題！」瑪麗停下腳步，陽光刺得她不停眨眼。

「閉上眼睛，想像一下露易莎。有嗎？」

「有，她的臉浮現在我眼前。她在外婆家，我看見她坐在餐桌旁。」

「她在做什麼？」

「她在扮鬼臉。」瑪麗模仿妹妹的表情。

「現在睜開眼睛。」我說：「妳腦中的景象和思緒，共同構成一個

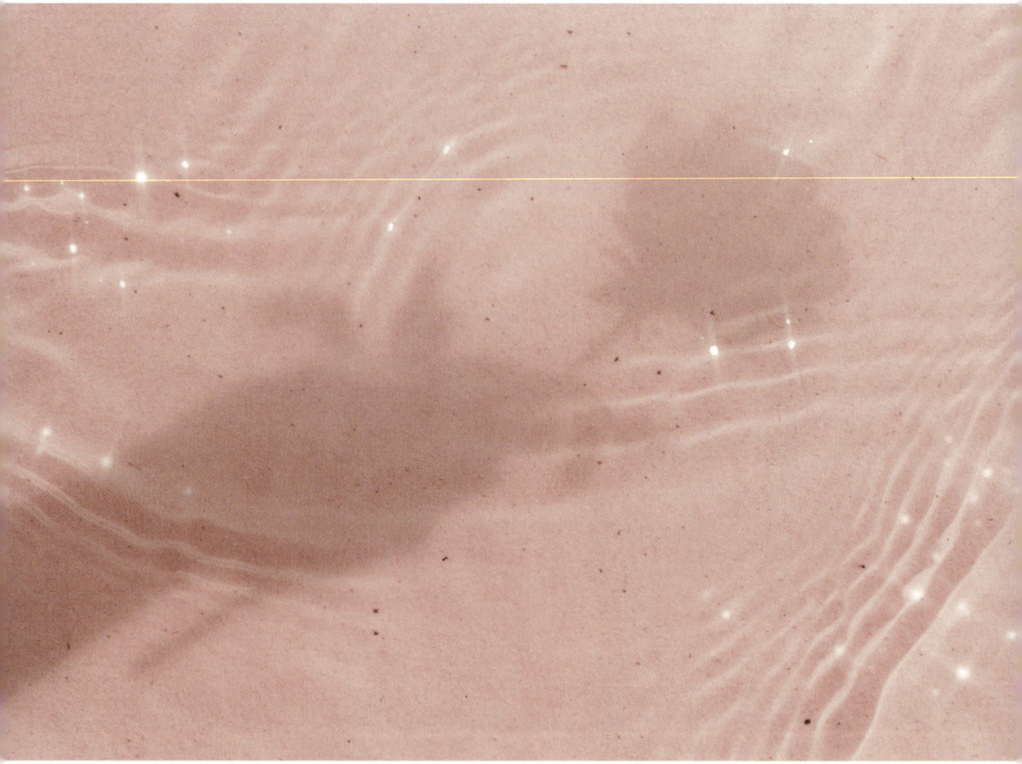

我們人生需要什麼，如何獲得真正的幸福，其中一部分答案不是靠理智觀察得到，或者能以言語描述的，那往往來自於我們的感受。

獨特的活化模式。妳想像自己的妹妹，這是一個特定模式；她扮滑稽的鬼臉，是另一個活化模式，不過很類似。現在，我將這些獨特的活化模式連結它們對妳的意義，就能讀懂妳的想法了。」

「想起來就覺得可怕！我絕對不要這樣！」瑪麗嚷嚷著。

「想像一下運動用品店的狀況。妳一看到運動鞋，腦中的獎賞機制立即啟動。猴子亢奮不已，堅稱妳無論如何都要那雙鞋。如果妳真買了，獎賞機制變得更加活躍，妳會覺得很幸福。不過，這種感覺持續不久，尤其買了不是真正需要的物品時。等妳回到家，幸福感早就煙消雲散了。」

「錢也白花了！」

我繼續解釋：「沒錯，我們可能就白花了錢。可是更糟的是，妳回家後發現自己根本不需要運動鞋，卻為此付出很多錢，很可能就後悔了。」

「所以凡妮莎浪費了很多錢買設計師的東西嗎？買了之後可能會後悔？聽起來好荒謬喔！」

「這要稍微區別一下，有些人確實真心喜歡設計師精品，願意花費時間尋找合適的皮包和服飾。這件事對他們很重要。有時候他們花上好幾個星期尋找，但購買後也開心了很長時間。不過凡妮莎並非如此，她是典型的衝動購物者，購物純粹為了釋放工作壓力，因為她感覺自己被搾乾了。她衝動購買皮包、鞋子或服裝，因而有了短暫的幸福，彌補了空虛感。」

「獎賞系統啟動。」瑪麗總結說。

「是的，但是空虛感很快又會出現。」

瑪麗默不作聲，陷入思考。「那樣不是很可悲嗎？」她忽然脫口說。「希望我以後不會浪費這麼多生命。」

「說的比做的容易。」我又說：「表面看來，或許能清楚看出凡妮莎不滿意生活，她某種程度上或許也是如此。但是，她每次意識到這一點，又會找藉口說服自己，例如為了下次升遷或需支付貸款：『已經投入了這麼多時間與精力！我現在不能變動！』讓想法配合習慣，相對比較容易，而不是反過來。」

「妳的意思是，凡妮莎對自己辯解她的行為？」

「多多少少是如此。」我回答。「里昂・費斯汀格（Leon Festinger）的心理學理論『認知失調』（kognitive Dissonanz），貼切描述了這個過程。我再解釋清楚一點：例如，我們認同健康的生活方式，理想狀態下我們也奉行健康生活；換句話說，我們飲食健康，並且規律運動。因此，我們的行為與信念相符合。但是，如果我們邊看電視邊吃洋芋片，行為與信念系統之間便出現偏差。可以想像，這種偏差會導致內在出現衝突。而要消滅衝突，有好幾種方法。」

瑪麗建議說：「最好的方法當然就是不要吃洋芋片。」

「是的，例如這樣做。那表示妳透過改變行為，來解決內在的衝突。但是，研究顯示，我們反而傾向調整自己的想法與信念，例如告訴自己：『哎唷，一包洋芋片又沒什麼大不了！』或者，我們為失調的行為賦予新意，使其符合我們的信念。」

「我不太懂。」瑪麗一臉困惑：「難道要說洋芋片很健康嗎？」

我啞然失笑：「這個例子或許有點極端，不過，沒錯，這就是我的意思。甚至還有更巧妙的說法：『可是我叔叔每晚吃一包洋芋片，還不是活到九十三歲！他從未生病，只是偶爾感冒！』妳懂我的意思嗎？」

瑪麗好一會兒不作聲，緩緩摸著辮子，整頓思緒。「我想應該懂。所以凡妮莎給自己找的藉口能解決她內心衝突囉？」

「我想可以。當她意識到工作多麼不快樂時，就發現自己渴望的幸福生活與做出的錯誤決定之間的差異。」

「凡妮莎這種內在衝突的方式，就是改變自己的信念？她認為這份工作很重要，可以支付房貸與車貸，並且獲得升遷？」瑪麗有點不可置信地說。

「正是這樣。妳知道嗎？讓信念配合行為，比實際改變行為要簡單多了。改變生活需要許多勇氣，還必須做好真正的心理準備。」

「但妳不是說她最後還是改變生活方式了嗎？」瑪麗滿懷期待地追問。

「她的確改變了。在我認識凡妮莎兩年後，她弟弟確診惡性腫瘤。他很年輕，才三十幾歲，確診短短三個月便過世了。凡妮莎在他去世後，經歷了各種強烈情緒衝擊。失去手足，讓她傷心欲絕；同時又後悔花在他身上的時間太少，也很少告訴他，他對她有多重要；而且，她清楚感覺到自己不想在不快樂中死去。」我停頓了一下。「不對，或許我應該換個說法：她忽然感覺到自己浪費了多少光陰。就是這種強烈感受，促使她做出改變。她徹底明白財富並未帶來滿足。」

「她怎麼改變生活？」

「弟弟過世後不久，凡妮莎便辭掉工作，找了房客，賣掉車子，拿出部分存款環遊世界。一旦在強烈感受下做出決定，生命將為妳指出一條路；只要妳允許自己發現那條路，就沒有必要反覆斟酌自己的決定了。引發改變的，正是自己這種情感準備。我認為，與其說那是決定，不如說是自然而然的發展。我們的動機，毫不費力驅使我們朝適合自己的方向前進。」

「但是我才不想等發生可怕的事情，才要改掉壞習慣！」瑪麗幾乎有點絕望地喊著。

「我知道，我們之後再討論如何避免浪費寶貴的時間。我肚子餓了！妳怎麼樣？」

「餓得可以吃下一頭牛！」

我們四周張望，幾公尺外，有道愛爾蘭農夫用來分隔農田與地產的低矮石牆，從空中鳥瞰，石牆畫出一幅令人難忘的方塊圖，這裡能讓我們坐下歇一會兒。放下背包，感覺肩頭褪下了重擔。雖然我們盡量輕裝上路，仍舊打包了接下來幾天需要的物品。大半的東西都背在我身上，能夠稍微休息一下，我開心地鬆了口氣。我閉上雙眼，揉揉肩膀，感覺緊繃緩解不少。

「凡妮莎現在人在哪裡？」瑪麗忽然好奇地問。

「我不太清楚她在世界哪個角落，不過她一定非常快樂。」

瑪麗心滿意足地笑了。

我們結束午休，穿越綠油油的景致，一路上坡下坡，幾乎有點催眠的效果。爬得越高，威克洛山脈的景致越開闊。下雨時，草地會變得泥濘難行，因此威克洛步道這一段鋪上了木棧板。木板纏上細鐵絲，下雨或路面潮濕時，遊客才不會失足打滑。我望著將鐵絲固定在木板的鉤

我們的行動受到信念左右，在沒有察覺的狀況下，影響了我們的決定，
進而影響我們的生命軌跡。

子，思考把數千個鉤子搥入木板要花多少時間與氣力。我心想，這工作勢必艱鉅。我納悶所有材料怎麼運送過來，尤其放眼望去，看不見可供貨車行駛的道路。

「媽，我們要往哪裡走？」瑪麗打斷我的思緒。

木棧道分成T字型，我看了一眼地圖。

「我們的健行路線在這裡向右岔去。」瑪麗指著威克洛步道的路標說。

「我們可以繼續走威克洛步道，或者改走另一條比較長的路線，經過尖山步道（Spink Walk），那裡景致壯麗，無與倫比。」我參閱旅遊指南的描述說。

「好，我們走尖山步道。」瑪麗建議：「我還不累，而且妳還沒告訴我，什麼叫做釋放獨特的潛能。」

「沒錯。」我摟著她的肩。「好，到現在為止，妳學到了什麼？」

我又把全副注意力放在女兒身上。

瑪麗整理了一下思緒。「嗯，妳告訴我大腦沒有真正在休息，而且會自動啟動。啊，對了，還有一直在我腦中喋喋不休的聲音，是我的猴子，牠不斷告訴我該如何思考、感受，該怎麼做。」

「歸納得很棒，寶貝！妳還記得猴子創造出哪種形式的想法嗎？」

「關於我們本身的資訊，不過也有其他人的訊息。」她調皮笑著補充。

「沒錯，大腦掌握我們如何看待自己和感受的訊息。妳剛才說得沒錯，我們對於他人的感受與想法有一些假設。」

瑪麗喊說：「噢，我絕對不要像凡妮莎一樣，等到發生憾事，才要改變狀況對自己好。」

我為瑪麗的熱情感到驕傲。

「不過，向妳說明如何釋放真正的潛能之前，我想先總結一下腦中猴子的解釋。」

「好的，教授大人。」瑪麗捉弄我說：「我洗耳恭聽！」

「腦中小猴子產出的第三類想法，」我摸摸瑪麗的頭：「是關於過去與未來的。我們記得過去的點點滴滴，也能夠想像甚至是推測未來。妳回想至今為止的人生，立刻浮現在腦海的是哪些事呢？」我問瑪麗。

她思索著我的問題。我稍微緩了一下，大口深呼吸。我們已經走到高山小徑的一半，身體告訴我要放慢腳步。環顧四周，靜謐感沁入體內。放眼望去，滿眼自然風光，大片綠色景致偶爾被片片石楠或者林線打斷。我深深吸氣吐氣，聞到微微的沼澤腐氣。爬得越高，風力越強。我停下腳步，潮濕的空氣輕輕吻上臉頰，呼號的風似乎哀嘆著。太陽躲在幾朵雲後，四下霧氣彌漫，一隻游隼抓住了我的注意力。

「妳還好嗎？」瑪麗朝我喊著。她剛才依舊往前走，拉大了我們之間的距離。我加快步伐趕上她。

「嗯，我很好。和妳漫步在美麗的風景中，我覺得很開心。」我張開雙臂。

瑪麗綻放感激的笑容。等我走到她身邊，立刻挽住我的手，把頭靠在我肩上。

「怎麼樣，妳想起一些事了嗎？一開始想到的是哪一件呢？」

「這問題並不容易。」瑪麗回答，抬起靠在我肩膀上的頭。「猴子讓我想起了許多小事，不過我特別記得去年的滑雪度假，還有學校最後一次戲劇公演，那時候我擔任主角。」

「妳為什麼選了這兩件？」

「欸，滑雪度假純粹就是酷斃了！我們玩得很開心……至於戲劇？……我想之所以記憶猶新，是因為我當時緊張死了，因為你們就坐在臺下觀看啊。」

「所以說，在回憶時，感受扮演非常重要的角色。」我做了個結論。「例如，妳記得我們在布魯塞爾哪裡得知恐怖攻擊，過程又是如何嗎？」

「記得啊。」她回答得很快：「那時我們去看外婆，聽說這件事時，我們就坐在她的客廳，她立刻打開電視，想要了解更多訊息。我記得妳坐在沙發上，一臉憂心忡忡。」

「我當時的確非常擔心，妳還知道我們恐攻發生前一天或隔一天做了什麼嗎？」

「不記得了。」她猶豫了一會兒後說：「這有什麼關係嗎？」

「比起沒有連結任何情緒的瑣事，在大腦中觸發感受的事件，我們記得特別清楚。妳說說看大腦是什麼樣子。」我鼓勵她。

「腦是灰色的，充滿皺摺。」瑪麗一口氣說，同時聳了聳肩，彷彿想說大腦雖然看似醜陋，模樣又小又無趣，卻能發揮巨大作用。

「大腦最外層的確是灰色的。」我認證瑪麗的話。「大腦外層又叫做皮質，薄約二到四公釐，有許多皺摺，也就是腦溝。在許多功能上，皮質扮演的角色非常重要。儘管皮質所有部分是齊力運作的，仍有特定區域擁有明確的單一功能：有個大腦區域專門負責視覺，另一個負責聽覺，還有負責嗅覺的，以及一個負責感受的。例如皮質的後面區域是處理視覺訊息，也就是負責看東西的。這個區域如果受傷，叫做皮質盲，意思是：這裡無法再處理透過眼睛進入大腦的訊息。」

「那表示就算我眼睛功能健全，還是會變瞎？」瑪麗訝異說：「這樣說來，我不是用眼睛看，而是用大腦嗎？」

「可以這樣說，因為不僅是觀看，包括認知活動，都在大腦內發生。我們當然需要眼睛接收視覺輸入，但是視覺輸入最後會傳導到大腦，進行處理與詮釋。」

「懂了，」瑪麗說：「但也可以說不太懂。」她笑了。

「就拿健行路線圖來說好了，眼睛將訊息傳遞到大腦後半部，這個區域根據顏色、深淺、形狀與線條等等來分類訊息。個別的訊息片段被送到皮質各處，或者說開始進行活化。對我們來說，這個活化模式與『健行路線圖』物件相連結，所以我們便把這個物件詮釋成路線圖。」我解釋著。「意義，是在大腦中產生的，而不是在外部的東西或事件上。所以，我們認為有意義的事物，都與大腦中某個特定活化模式有關。目前為止，都懂嗎？」我戳戳瑪麗的腰問她。

「目前為止都懂了！換句話說：所以我腦子裡有個活化模式是莽撞的妹妹。」她記起先前想像露易莎騎腳踏車的樣子。

我補充說：「沒錯，就算露易莎不在身邊，妳也可以活化這個模式。或者，妳回想健行路線圖時，眼前或許甚至會浮現個別細節。」

風勢逐漸強勁，一陣狂風吹撐了我們的外套，撲撲作響。瑪麗笑著頂住大風，我把脖子上的圍巾繞得更緊了。

如果我們尋找的是美好的事物，大腦看見並處理美好事物的機率將大為提升。

「為什麼我們有時候會弄糊塗？」

「妳的意思是？」

她解釋：「我常常以為自己看見某個認識的人，後來再確認時，卻發現其實是別人。」

「就像妳自己之前的解釋，我們認識的人，連結著大腦中特定的活化模式。看見長得像露易莎的人時，大腦會填補空缺，觸動與露易莎有關的活化模式，錯誤解釋妳看見了露易莎。等妳再看仔細一點，大腦取得了新訊息，便修正活化模式。經過相關修正後，大腦向妳發出訊號，告訴妳那個人並非是妹妹。」

「聲音和觸感的運作方式也一樣嗎？」瑪麗好奇問。

「是的，除了嗅覺因為演化的關係會直接傳遞給大腦之外，其他感官的運作都類似，也就是我們透過器官接收訊息，經過大腦過濾，將重要訊息傳導到大腦皮質進行詮釋。」

「那是怎麼進行的呢？」

「我舉個例子來說明：妳知道妳的鞋子正在擠壓腳嗎？」

瑪麗露出笑容，目光往下看。「現在感覺到了，但是剛才沒有。」

「因為剛才去感受妳的腳，並不是重要的事情。但是，如果腳引起我們的注意力，例如會痛，我們就會察覺到。不過一般來說，腳被鞋子擠壓不是什麼重要的訊息，所以不會意識到。如果大腦要處理接收到的所有訊息，我們會不堪負荷。」

「啊，我懂了。」瑪麗走到我面前，開始要說明，同時解開髮上的橡皮圈。「器官接收到訊息，然後根據大腦視為重要與否，來進行過濾或進一步處理。」

「太棒了！就是這樣！」

「皮質還做了什麼？」瑪麗兩腳交換跳著，大概特意想感覺腳的存在。這時，颳來一陣狂風，將紅色長髮吹到她臉上，完全遮住了臉龐。

「皮質有些區域又叫做『聯合區』，因為在這裡整合個別感官的訊息。」我繼續解釋。「假設我現在蒙住妳的眼睛，」我笑著撥掉她臉上的髮絲。「要妳辨識一碗湯的味道，妳先舀一口湯喝，專注在味道上，察覺明顯是番茄口味；更好的是，湯聞起來就是番茄的味道。接著，妳摘下眼罩，發現湯是綠色的。妳要怎麼回答味道的問題？」

她回答：「呃……那很奇怪耶。番茄湯是紅色的啊，所以我應該會很困惑？」

「沒錯！根據我們的經驗，番茄湯是紅色的。此外，我們還把特定味道和氣味與之相連在一起。感官訊息在聯合區進行整合，產生正在喝番茄湯的感知體驗。聯合區是大腦結構的連結處，處理各式各樣訊息，並且形成網絡，將色彩、氣味、聲響與味道，整合成一個整體經驗。大腦對於什麼是番茄湯，概念非常清楚，包括番茄湯的外貌、味道與氣味。其中一個成分若是不相配，明顯就是相當奇怪的體驗了。

「或許再舉一個例子：我們走進麵包店，辨識店裡的味道時，很快就能猜出譬如有沒有賣可頌，因為我們知道可頌的氣味，也知道剛出爐的可頌咬下去時會有點酥脆。」

瑪麗大笑說：「哎唷，媽媽，我現在超想吃巧克力可頌的啦。」

我們終於抵達海拔五百公尺高處，來到尖山步道（Spink-Route）上端。走在碎石山徑額外耗損的氣力與疲累，頓時拋到九霄雲外。眼前展現一望無垠的威克洛山脈國家公園，又稱愛爾蘭的花園。山脈鬱鬱蒼蒼，圍繞著我們，有些地方覆蓋著樹林；陽光破雲而下，照耀之處一片亮黃或橘紅。魔幻的色彩變化觸發我內心深沉的寧靜，同時感覺自己渺小而完整，是偉大整體的一部分。在這一刻，我的猴子也不再大發議論，似乎心滿意足。深深的信任感，盈滿我每一個細胞，我沉浸在無邊無際的寧靜祥和之中，感覺非常幸福。

不過瑪麗還在思考先前的談話，「所以，大腦皮質處理來自感官的訊息，將訊息相互整合。」她打破我的沉靜：「可是，如果是寫數學作業或者學習新的語言呢？」

我不得不收拾思緒，回答前先清了清嗓子。「這兩種都是所謂『高級認知功能』的例子，一樣也發生在皮質層。規劃、組織、分析資訊、解決方案、學習新事物，都是高級功能，需要運作良好的皮質。大腦最前端的皮質，又叫做額葉，對這些功能尤其重要。」我披荊斬棘回到職業世界，有點捨不得離開寧靜的狀態。「不要忘記了，也是皮質讓我們能夠運動的，這個區域叫做『運動皮質』。」

「真神奇，小小一個器官，竟然對這麼多事情那麼重要。太吸引人了！」瑪麗稍微走開一點，彷彿想獨自思索所有事情。

我們默默走在木棧道上，陷入各自的世界。瑪麗先走到一處木欄杆，向前倚靠著。

「哇喔！」她驚呼。「媽媽，妳一定沒看過這麼漂亮的風景！」她回頭看我。我知道等在眼前的是什麼，露出了微笑。我走到她身邊，摟著她的肩膀。「我來介紹一下：格倫達洛河谷！」在遠遠底下一片深藍中，開闊的上湖（Upper Lake）鑲嵌在原始質樸的大自然裡。就在這一刻，太陽彷彿應景似的，從雲後露出臉來，照亮了更遠處的下湖（Lower Lake），湖面波光粼粼，猶如繁星舞動。威克洛步道上的這個地方，毫無疑問是我一生看過最瑰麗宏偉的景致。我確信女兒也一樣永生難忘此番風光。

「我們現在從那裡下山嗎？」瑪麗指著蜿蜒穿過鬱綠丘陵的狹窄木棧道問。我很開心這裡鋪設了木棧道，下山時，步伐可以穩定一點。

「走吧！」我輕推瑪麗的腰，調正她之前從中拿出太陽眼鏡的背包，領她走過木頭路，朝河谷方向前進。左右兩邊雜草蓬亂叢生，鑲夾著狹窄小路。我們貪看四周的綺麗風景，不時踩到路邊，激起了我玩樂的心情，因為我從小就喜歡走在路邊的矮牆，而非好好走在路上。長大後，我忍住不要把人行道當成遊樂場。這條簡單的木棧道，不知為何喚醒了我的童年回憶，愉悅的情緒也伴隨而來。瑪麗彷彿也回到了小時候，忽然在我前面又蹦又跳，大大張開雙臂，唱起了歌。她時不時回頭看，表情輕鬆愜意。我希望這一刻永遠不要結束，發誓一輩子不會忘記。

瑪麗和我緩緩往下走向格倫達洛河谷，途中偶爾遇到健行的人。有位先生摘下綠色帽子，親切打著招呼；一名迷人的女子，手裡牽著黃金獵犬，滿臉燦爛笑容經過我們身旁。筆直的木棧道最後變成了木頭階梯。迎向階梯的人，一再抬頭往上看，敬畏注視著眼前必須克服的眾多階級。

瑪麗說：「很幸運我們是下階梯，而不是向上走。」

我的雙腿重得像鉛，反駁了她的說法，我還提醒她今天已經爬高了好幾公里。快下完數千級階梯時，我們遇見了一對拾級而上的情侶。兩個人呼吸粗重，看得出來十分疲累。

我面帶笑容對他們說：「你們快走完了！」

女生滿懷期望問：「真的嗎？」

「說實話，還沒有。」我坦白說：「不過，你們做得很好喲！」

他們放聲大笑。

後來瑪麗說：「那樣做有點壞心耶。」

「嗯，或許是這樣。不過他們兩個人很開心，這種正面情緒能夠為他們注入一點活力。我保證他們在山頂上，一定還會想到我們！」

走過漫長的下坡路，我們來到波拉納斯河（Poulanass）旁小徑。波拉納斯是條狹窄的小河，最後流向同名的瀑布。我們終於能在那裡歇腳

人永遠有自己相伴，傾聽內在的聲音，宇宙與大自然會成為你完美的嚮導。

休息。

小小的瀑布鑲嵌在岩石之間，飛濺至深處。我坐在岩石上，想聆聽水聲淙淙，於是閉上雙眼。我垂閉眼簾，這時水聲忽然變了，有如狂野的搖滾樂竄入耳裡。瑪麗拿著幾塊石頭玩，疊成一座塔，直到石塔崩落。她一次又一次重複堆塔，伴著流水潺潺，似乎進入了冥想狀態。

忽然，她開口問：「為什麼我們比較會記得和感受有關的事件呢？」

我睜開雙眼，看著她好奇的臉龐。

「妳現在知道，皮質負責處理感官訊息，再把訊息整合成我們的感知體驗。除此之外，運動皮質讓我們得以運用自己的身體活動。我們說過，規劃、組織、分析資訊、解決方案等高級功能，也由運動皮質推動，這些都發生在皮質的前面區域。」

瑪麗說：「薄薄一層腦細胞竟具備這麼多功能。」

「皮質底下還有其他構造，叫做『皮質下區域』。」

「了解。」瑪麗點頭。

「雖然位於皮質下方，卻是與皮質緊密相連，所有區域都連動影響，互相作用。有些下皮質區會共同形成『邊緣系統』。」

瑪麗說：「啊，生物課教過。這個系統對我們的情緒影響很大，對嗎？」

「完全正確。」我對她笑說。「邊緣系統由好幾個各自具備特殊功能的結構組成。在我回答妳的問題之前，先講講其中重要的結構，例如丘腦。丘腦又稱為大腦的感覺控制中心，角色非常重要，深深左右我們的意識、下意識，以及睡眠過程。」

瑪麗皺起眉頭。「感覺控制中心？那是什麼？」

「妳知道我們透過感官收集外界訊息，也就是透過眼睛、耳朵、鼻子、皮膚和舌頭。收集訊息後，傳送到丘腦。丘腦身為控制中心，決定一個訊息是否重要。訊息如果重要，就傳送到大腦相關區域處理；若是無關緊要，則會過濾掉。」

「啊，懂了，就像鞋子擠壓腳一樣？」

「沒錯。一旦訊息對我們不重要，會被丘腦過濾排除，我們便不會意識到這個訊息。來做個小實驗，和意識玩一下。」我建議說。「來，我們走到水邊吧。」

瑪麗放下手邊的小石塔，一起和我走向河邊。

「好，現在把手伸進水裡。」

邊緣系統

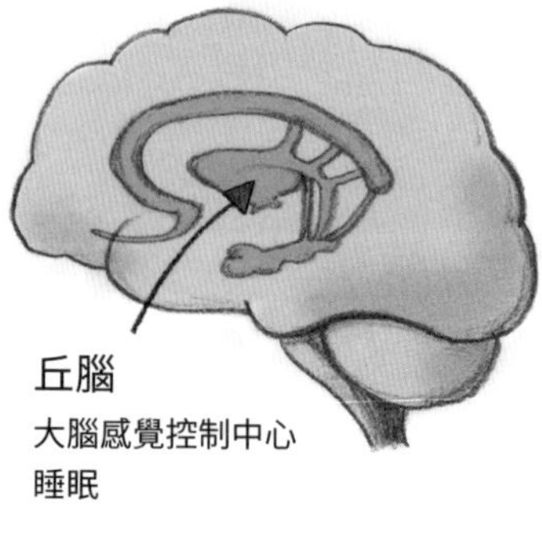

「哇，好冰喔。」

我問：「妳聽得到其他聲音嗎？」

「有，嘈雜的水聲。一開始我因為專注在自己的雙手，所以完全沒有注意到。但是妳一提起，我就聽到瀑布的聲音了。」她回答。「而傾聽淙淙水聲時，也不覺得手很冷。」

「妳把手浸入水裡時，皮膚捕捉到這個感受訊息，傳遞到丘腦，經過丘腦歸類為重要的訊息後，再送到皮質的權責區域處理。」

「那就是大腦通知我水很冷的時候嗎？」

「沒錯。妳全神貫注在雙手上，耳朵雖然接收到水聲，卻被歸類為無關緊要，因此妳沒有意識到水聲的存在。」

「而我專心聆聽時，又不再察覺到手上的冰水了，我現在清楚了。」瑪麗揮動雙手，想把水甩乾。

我們慢慢走回放背包的地方。

「大腦不會處理感官接收到的所有訊息。這裡頭，還包含著一個重要訊息。」我繼續說下去。「主動將注意力放在看見或聽見的事情上，我們某種程度可以決定要有意處理哪些訊息。或者，特意閉上眼睛，專注在我們的觸感，例如感受皮膚上的刺骨寒風或者溫暖陽光。」我停下來，讓瑪麗有時間吸收。

瑪麗說：「一下子太多資訊，我需要喘口氣消化一下內容。」

「沒問題。不過，我們繼續走吧，免得耽擱了時間。」

我們聊了一陣子家人和朋友的近況後，瑪麗說：「我們真的可以駕馭想法嗎？這樣的話，在腦中猴子這件事上就會很有幫助。」

「寶貝，妳顯然會讀心術唷！我正想講這個呢。」我興奮不已。

「我們某種程度上是可以決定要活化哪些想法的。我再舉個例子說明。我告訴妳一個小故事，希望妳設身處地，想像妳有興趣要租一棟度假屋。準備好了嗎？」

「準備好了，教授大人！」她對著我咧嘴笑。

「度假屋叫做『角落小屋』，內部裝潢豪華，矗立在丘陵頂上，山谷美景一覽無遺。到達小屋後，鑰匙就放在門右邊鑰匙盒裡。穿過門，隨即進入一個大玄關，鞋子、外套、皮包和車鑰匙可放在這裡。一樓是起居、餐廳和廚房的寬敞開放空間。經過廚房區，會來到一處有頂露臺。寬大的落地窗可以完全推開，享受溫煦的夏日微風。起居區裝飾著優美圖畫與十九世紀的藝術品。除此之外，一樓還有間大臥室，雙人床又寬又大，附帶一間浴室，窗戶很大，通風良好。除了浴室之外，一樓所有空間都鋪著胡桃木地板。穿過起居區，就來到車庫，可停放兩輛車。度假屋蓋在三公頃的土地上，位置偏僻，附近沒有鄰居。大型花園裡栽種著各式各樣的樹，有蘋果樹、核桃樹，後面部分還有覆盆子。想要什麼水果，都隨妳摘！花園大倉庫裡有桌球桌，還有四輛嶄新的電動自行車，供妳探索這地區。不過，倉庫在夏季時節很熱，建議夜裡開著窗戶降溫。最後，後花園裡還有一座游泳池，從屋子裡看不見。二樓有四間大寢室、兩間浴室，所有主要空間都能眺望群山全景。」我熱切描述著。「妳覺得怎麼樣？」

「哇喔！我一定會想在那裡過夜！度假屋顯然很大，還能一覽群山美景，而且我很喜歡摘樹上的水果，迫不及待想跳進水裡。但是，故事和腦中猴子可以活化特定想法有什麼關係？」

「注意囉！刻意要關注哪些想法，某種程度是我們能決定的。妳想像自己要租下度假屋，專心聆聽故事，思維網路的特定部分於是受到活化；也就是說，妳接受了特定的觀點。妳的猴子知道妳在找度假屋時會喜歡什麼，什麼東西對妳很重要！」

「所以猴子在尋找適合我這個潛在租客的資訊！」

「沒錯，妳的猴子正在找這些。我提到游泳池時，妳的猴子大叫：

一旦在強烈感受下做出決定，生命將為你指出一條路。

『哇喔！我想要這個！』我提到房子大小或者果樹時，情況也類似。反觀我的猴子，可能聽到電動自行車時會很開心，還有，附近沒有鄰居。」我繼續說。「每個人都有一個獨特的大腦，會聽到、看到相對應的東西。即使我們聽的是同一個故事，需求也有所不同。」

瑪麗說：「所以如果是外婆，大概會記得有大花園，因為她可以帶狗來。」

「是的。現在，我們把思緒帶到完全不同的方向。我希望妳以闖空門的角度，重新思考度假屋的描述。」

瑪麗點點頭，集中注意力。

過了一會兒，我問她：「猴子現在告訴妳什麼？」

「我不確定是否還清楚記得故事細節，不過我想猴子應該不會因為游泳池和果樹而開心雀躍，反而會提示我昂貴的藝術品和畫作。」她停頓了一會兒。「我想嶄新的電動自行車也會讓牠很興奮。」

「是的。此外，小偷肯定還注意到故事裡的其他細節。」

我們思索了一會兒。

「如果我是小偷，我的猴子應該會指出一樓浴室敞開的窗戶，或者要進入起居區和車庫有多麼簡單。為了通風而打開的窗戶，也讓我有機會在夜裡竊取嶄新的電動自行車。除此之外，別忘了沒有鄰居可以打電話報警噢！」

「天啊，媽媽，我完全沒有注意到這些耶！」

「我能夠想像。」我回答：「我說能夠以注意力準確活化我們想活化的念頭，就是這個意思。我們認為是在找度假屋的話，就會啟動與『尋找』相關的念頭。但如果妳以老人的身分聽故事，或許會記得一樓有個大臥室，不必每晚辛苦爬樓梯。我們既有的觀點讓我們記得特定資訊，過濾掉與觀點不相關的訊息。這也是為什麼孕婦會到處看見嬰兒和娃娃車，而她們以前卻不會經常注意到。」

「這也是為什麼我到處看到吃的，因為我餓了。」瑪麗調皮笑著回說。

我沉默了一會兒，讓瑪麗吸收剛才那番話。

「可是，我們不是小偷，也沒有在找度假屋啊。」女兒說：「那和我的日常生活有什麼關聯呢？」

我對她露出勝利的笑容。「談論問題，只會導致問題；談論解決方法，就會找到解決方法。」我戳她的腰說。

她跳了起來，複述著：「談論問題，只會導致問題；談論解決方法，就會找到解決方法。但是，妳現在仍需要詳細說明一下。」

我挑戰她：「如果妳面對困境，心裡想的是困難重重，妳會看到或聽到什麼，又記得了什麼？」

「啊！只會看到、聽見、記住那些變得困難的事情！」

「如果懷著一切順利的想法呢？」

「……就會看見、聽到和記得什麼事情會進行順利！」瑪麗立刻脫口而出。

「我並非要妳忽略可能會出現的問題。但是，什麼都沒發生前，即認為情況將變得棘手，不一定有幫助。活化大腦中的潛在問題，會啟動與之相關的負面情緒；問題根本尚未出現，負面情緒已反過來耗損掉精力！」

「我現在要好好想一下。」瑪麗說，加快了腳步。

我們繼續往格倫達洛修道院方向前進，第一段健行路線即將結束。我今天過得非常充實，過去幾週的工作壓力，像春陽融化最後的積雪一樣消失了。

「這種活化方式在我們與他人的關係上也影響甚鉅。我們對身邊人的想法，深深左右人際關係的品質。」我們並肩默默走了一段路後，我又開口說。「我們都有不喜歡的人。妳是這樣，我也是這樣，所有人都一樣。許多年前，我有個真心不喜歡的同事，和她互動留下好幾次負面經驗。」

瑪麗追問：「是什麼情況？」

「基本上，我會說我們兩個是截然不同的人。我覺得她這個人很吵，對我也不太公平，在不同的會議上打斷我的發言，比如在報告兩人合作專案的時候，最後還搶走所有功勞。所以在我的腦海裡，這個人與負面想法和不舒服的感受連結在一起。只要一想起她，我便心情低落。有一次收到她的電子郵件，一看到名字，頓時壓力襲來，我的猴子開始拉警報說：她又寄信來煩我什麼了!?我抱著這種心態開啟她的郵件。」

「我懂，所以只要和她有關，妳就會打開警報。」瑪麗下了結論。

「那妳怎麼解決？」

「麻煩後來自行消除了，因為她搬到了別的城市。」我回答。「但是妳知道好玩的是什麼嗎？幾年後，我們在一次會議偶遇，結果互動熱絡而且溫馨。我記得當時還問自己，為什麼從沒注意到她其實相當機智風趣。」

瑪麗對我眨眨眼。「我會說因為妳用小偷的眼光看她，而不是找度假屋的人的角度。」

我不由得笑了。

「可惜妳說的是真的。我不知道妳還記不記得，不過在妳很小的時候，我們聊過這件事。」

瑪麗搖搖頭。「我真的沒有印象了。」

「就像剛才說的，那時候妳還小，大概四歲吧。我到幼稚園接妳放學，我們先是默默走在路上，後來出現了以下對話：

『媽媽，怎麼了？』妳問我。『妳的臉看起來好生氣喔。』

『我想到了一個同事，要不要告訴妳一個祕密啊？我不喜歡她。』

我們都認識一些不是特別喜歡的人。光是想到這些人，就感覺焦躁。不過神奇的是，想到深愛的人或正面的回憶，也能喚起幸福感。

『為什麼不喜歡她？』

『這個人告訴我，我沒有做好自己的工作。』我試著向妳簡單解釋。『大概因為這樣，所以我露出了生氣的臉，寶貝。』我聳了聳肩。

『可是，媽媽！』妳的口氣很堅定，『妳一直都做得很好！』我慈愛地看著妳笑了。妳安靜了幾分鐘，然後非常認真說：『媽媽，妳為什麼不想喜歡的人就好呢？』」

瑪麗微笑說：「我真的想不起來了。」

「但我記得很清楚，因為我很感動，妳的話讓我開心笑了，心情因而轉好。妳解決問題的方法簡單得讓人吃驚。」

我停下腳步，從背包拿出水壺。

瑪麗有點懷疑地問：「也就是說，想到負面事件的話，心情也會變糟？換另一個說法：想到美好的事情和好人時，心情就很好？」

「在我們複雜的思維網絡中，有些想法連結負面的感受，有些連結正面感受，還有一些想法沒連結任何感受。」我向她解釋。「剛才說過，我們都認識一些不是特別喜歡的人。光是想到這些人，就感覺焦躁。不過神奇的是，想到深愛的人或正面的回憶，也能喚起幸福感。意思是，妳可以藉此重溫相關的感受。要不要試試看？」我鼓勵瑪麗說。

「聽起來很吸引人！」

我牽起女兒的手。「我們暫時停一下，閉上眼睛，回到妳當時八百公尺賽跑衝過終點線的時刻。妳看見了嗎？」

瑪麗興奮喊著：「看見了。」

我繼續說：「妳感覺怎麼樣？」

她想了一下。「感覺很驕傲……」

我暫時睜開眼睛，觀察瑪麗，她站得筆直，臉龐漾著微笑。

「我覺得自己好像長了翅膀。」她又說下去。「而且充滿能量。」

她張開眼睛看著我。

「所以妳發現了吧，光是回想連結正面感受的事件，就能重溫那時候的感覺。儘管不像事情發生時那麼強烈，但是妳仍舊感覺到了，不是嗎？」

她激動地說：「沒錯！我忽然開始期待下一次的訓練了！」

「親愛的，太棒了！我再說一件事：我們的思緒能產生感受，所以若能控制思緒，也就能控制感受。這些感受會影響生活品質，進而左右命運。」我停頓了一下，凸顯這番話的意義。

瑪麗聳聳肩，有點迷惘。「可是我要怎麼控制思緒呢？」

「我們下一段再來討論。」

此時，修道院出現在遠處。修道院由愛爾蘭聖凱文在六世紀建造，迅速發展成愛爾蘭早期基督教最重要的中心。聖人之所以選擇這處神祕之地，是希望隱居在此，與大自然和諧共存。但是由於位置獨特，位於兩座湖泊之間的山谷，所以自古至今吸引了許多大量遊客。頂多再一個小時，我們就能抵達那兒，坐在餐館裡舒服享用晚餐。瑪麗撿起一塊小石頭，放進褲子口袋，那是她自小養成的習慣。

「媽，妳知道嗎？」瑪麗忽然說。「有時候真希望能減少念頭。說實話，我不相信壓力大或者擔憂的時候，想起美好的回憶會有幫助。難道不能想辦法趕走猴子，冷靜自在處理事情嗎？」

我對她綻放笑容。很久以前，我也經常問自己同樣的問題，腦中的重置開關在哪裡？通往平靜的路呢？

我說：「我喜歡這個問題。但是在我回答之前，先讓我再告訴妳，情緒與感受如何幫助我們記憶。」

瑪麗承認說：「喔，好，我已經忘記這件事了。」

「我們也繞了一大圈。剛才講到哪裡？」

「妳說到大腦中決定訊息要繼續傳遞到皮質還是要排除的區域。」

「沒錯，丘腦和皮質下方的邊緣系統，對我們的情緒與感受影響很大。我們看到、聽到、感覺到、嘗到和聞到的所有訊息，全部進入丘腦這個大腦的感覺控制中心。丘腦的選擇過程，決定了哪些感覺訊息要處理，哪些又要排除。妳也已經知道，我們可刻意將注意力引導到不同的感官，專注在耳朵上，更能清楚察覺到聲響；專注在眼睛上，能夠看得更仔細。這些過程多半是自動運行的，我們會處理丘腦認為重要的訊息。不過，由於我們能主動將注意力放在特定感官上，因而也就能左右感官體驗。」

「還有我們的感受？」

「是的。我們能夠喚起感受，同樣也能加以影響。至少某種程度上可以。」

瑪麗強調說：「這些都發生在我們的腦袋裡，真的很有趣。我還真沒這樣想過，也沒聽說過。」

我很高興能夠啟發女兒，覺得心滿意足。「再回到剛才的小實驗，這個實驗可顯示觀點有多重要。如果我們尋找的是美好的事物，大腦看見並處理美好事物的機率將大為提升。觀點會左右我們如何去覺察，也就是我們看見了什麼，接著大腦才開始進行處理。若只關注生活中不好的面向，大腦多半就處理這方面的事，我們記得的負面事情也會較多。有時候，感受是自然而然出現的，擋都擋不住。不過，我們可以削弱其影響思想與行為的強度和力量。詳細說明之前，我想先稍微多解釋一點邊緣系統的其他構造，例如下丘腦……」

「媽，讓我先喝點東西。」瑪麗打斷我滔滔不絕的話。「一下子太多資訊了。」她從背包掏出水壺，喝了一大口。「好了。」她對我笑說。「現在可以繼續了。」

我輕戳她的側腰，她大叫：「我超喜歡妳熱情投入自己的專業……

真的很迷人！」她在我臉頰上親了一下。

女兒主動親我，真令人開心！「這是導入話題的好動作！」我說：「繼續說下丘腦吧。下丘腦調節身為感受世界一部分的身體功能。」

「身體功能？」我剛說沒多久，就被瑪麗打斷。「剛才妳說在八百公尺賽跑前有點緊張，妳是從哪裡知道的？」

幾縷陽光再次穿過層層疊疊的濃厚雲層，照得瑪麗緊蹙眉頭，瞇起眼睛。她似乎正努力回想。

「我知道自己馬上就要參加重要的賽跑，一想到比賽，我就緊張不安。」

「妳想到要比賽了，所以很緊張。妳身體有什麼反應呢？」

「我記得心跳加速，有點冒汗，胃感覺怪怪的。比賽前，我什麼也吃不下。」

「感受是種複雜的構造。在妳這個例子中，想法或詮釋引發了緊張感。這種感受與身體變化連動，例如心跳頻率加快，消化變慢或中斷，那也是妳沒有胃口的原因；汗腺分泌更多汗水，口乾舌燥；有些人會臉色蒼白，有些人反而滿臉通紅。」

「這些身體功能都是由下丘腦控制的嗎？」瑪麗深深吸氣。「但那不是很奇怪嗎？為什麼身體反應這麼大？畢竟只是一場賽跑而已啊。」

「數千年前，人類面臨著真正的危險。」

瑪麗推論說：「例如野獸嗎？」

「沒錯。強烈的身體變化對於生存攸關重要，一發現危險的野獸，大腦立刻啟動逃跑—戰鬥—僵住反應。也就是說，要不與野獸搏鬥，要不就逃為上策，或者僵住不動，保護自己免受野獸的攻擊。」

瑪麗連連點頭，我繼續說下去。

「大腦透過加快脈搏、減緩消化以及增加排汗，幫助身體準備戰鬥或逃跑。這樣一來，可以節省能量，讓消化用的血液被引導到肌肉；多餘的汗水增加皮膚彈性，比較不容易受傷，尤其是手掌潮溼能防止身體過熱；通常還有瞳孔放大，形成所謂『隧道視線』，讓我們得以專注在眼前的危險。要戰還是要逃，這些身體變化都非常重要。那是人類依然存在至今的理由。」

瑪麗又是連連點頭，想要弄懂我的解釋。「但是，為什麼我會在賽跑前感覺身體出現變化？」她驚訝問：「那又不是什麼危險狀況。」

「當然不是。不過，妳的猴子將賽跑詮釋成重要大事，一種妳真正面

邊緣系統

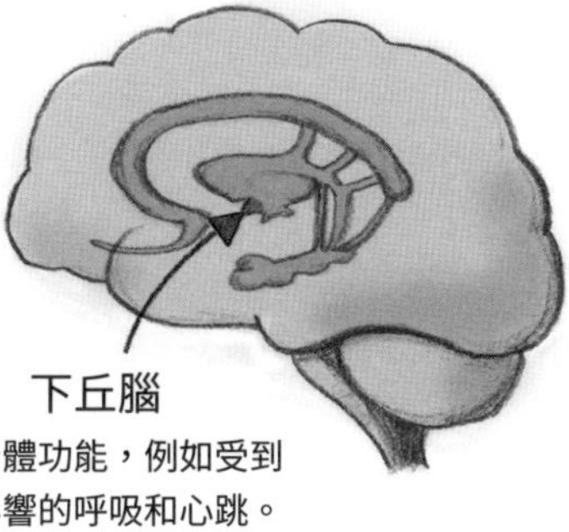
調節身體功能，例如受到
感受影響的呼吸和心跳。

臨的挑戰，於是活化了杏仁核，導致身體出現變化。所以妳脈搏加速，消化系統變慢。不過，只要辨認出這種狀況並非真正危險，就能減輕部分壓力反應。」

瑪麗問：「杏仁核？那是什麼？」

「邊緣系統的另一個構造，經歷與情緒相關的事情時，杏仁核會觸發情緒與感受，並在形成情緒記憶上扮演關鍵角色。」

瑪麗問：「例如學校戲劇公演

邊緣系統

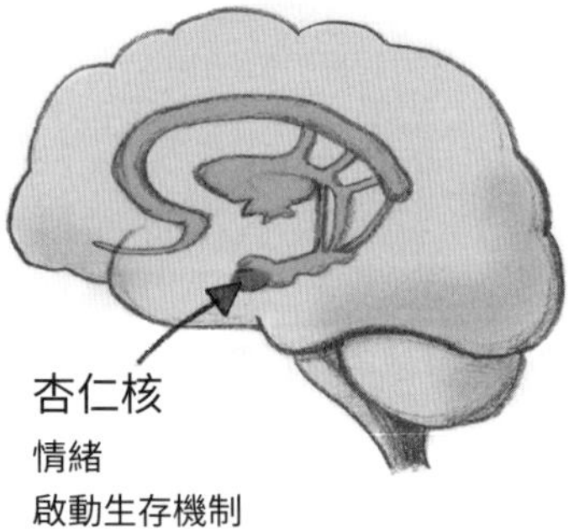

時，我非常亢奮和激動那樣？」

我回答：「這個例子很好，沒錯。我們比較能記得情緒事件，是因為杏仁核與形成記憶的重要構造緊密合作，那就是海馬迴。」

瑪麗打斷我的話：「哎呀，媽媽，這些名稱讓人不知所措，我不確定能全部記住！」

「沒有必要記住，尤其是名稱。專心聽，妳自然會記住最重要的訊息。」我安撫她。

我們並肩默默走了一段，給瑪麗時間消化一下資訊。她好幾次搖頭晃腦，彷彿想釐清思緒，強化注意力，以便接收下一波資訊。

我開口說：「仔細觀察邊緣系統，會看見杏仁核和海馬迴彼此相鄰。杏仁核受到某一事件的活化，例如戲劇公演擔任主角，大腦就會確認那是重要的情緒事件。接著，杏仁核的活化又啟動了海馬迴，於是幫助我們記住那件事。」

瑪麗點頭說：「懂了！」

我又補充：「恐懼記憶的形成，尤其依賴杏仁核和海馬迴的緊密合作。」

瑪麗進一步問：「就像怕蛇或是野生動物嗎？」

「杏仁核對所有與情緒相關的事件都很重要，但最主要還是恐懼與壓力。想像一下，妳在森林裡漫步，忽然間聽見一陣嘶嘶聲，於是放緩腳步，但尚未搞清楚狀況前，一條蛇已經朝妳的腳咬下去。然後發生什麼事？」

瑪麗聳聳肩：「我放聲大叫？」

「也許是大叫。不過，妳還來不及理解狀況，杏仁核便已經啟動，身體瞬間進入戰鬥—逃跑—僵住模式。妳很有可能拔腿就跑。但更重要的是，海馬迴受到強烈活化，從此對事件留下深刻的情緒記憶。也就是說，妳對蛇產生了極大的恐懼。」

「一定的！」瑪麗確認說：「我覺得蛇好可怕。」

「妳覺得大腦花了多少時間才學會這個？」

「幾秒嗎？」

「完全不需要！我們在吃過苦頭後知道了蛇很危險。這類經驗最後還有機會發展成恐懼症，甚至可能嚴重到腦中猴子光是想到蛇，就驚慌失措，又吼又叫，像瘋了一樣。一想到蛇，戰鬥—逃跑—僵住過程便開始啟動——所以妳全身冒汗，胃不舒服，或者心跳加速。」

瑪麗思索著我的話，然後說：「我簡直等不及想知道該怎麼減少思緒與念頭，那顯然深深影響我們的感受和生活品質，有時候我覺得腦海裡好像有整座動物園，而不是只有一隻猴子。」

我們慢慢抵達了修道院，我很開心終於能抬高腳放鬆，也很期待餐館的晚餐。提到這家餐館簡單美味的在地料理，無人不讚不絕口。

「我們今天顯然走同樣的路線，不是嗎？」背後傳來一個沙啞的聲音，西班牙口音。我們回頭看，是那位牽著黃金獵犬的女士。

我點頭微笑，瑪麗友善地打了招呼，然後和狗玩起來。

「今天的天氣棒透了。」那位女士熱情洋溢說。「我以為愛爾蘭一天至少會下五次雨，帶了一堆保暖和防水的衣服。」她的笑聲有如鐘鈴般響亮，說完又牽著狗走了，我們向她揮手道別。

風停了，天空萬里無雲。我們卸下背包放在地上，人也跟著坐下。脫掉鞋子，赤腳踩在冰涼的草地上，一股愜意流過全身，我深深呼吸，感覺好幸福！

「草感覺好舒服喔，超級柔軟的。」瑪麗笑逐顏開，立刻又站起來，衝出去做了一個側翻。「媽媽，妳也能翻嗎？」

「不要挑戰我，妳這個小鬼頭。」我開玩笑回答。

「那妳翻看看啊！」

腦中猴子立刻問我，是不是老得翻不動了？真的行嗎？或者，會不會有太多人看？不過內心深處，我問自己試一下搞不好很有趣？瑪麗愉悅的興致有極強的感染力，於是我站起身。剛起跑時還有點猶豫，後來越跑越快，倏地做了一個側翻。

「還不賴嘛。」瑪麗笑著評論說：「只要再把腳伸直一點。」

我興致勃勃再試一次，接著又一次，一次又一次，簡直停不下來。我們就在傾頹的格倫達洛修道院遺址旁不斷側翻。

我的猴子給我加油打氣。我哈哈大笑，倒在草地上，感覺非常幸福。第一天的健行結束得真棒……

腦中的猴子
如何胡作非為

第二天　從格倫達洛到圓木鎮

了解你真正是誰

「我不確定能否吃完歐姆蛋捲。」我注視著眼前巨大的盤子。「這東西真肥厚。」

瑪麗笑說：「也許是肥母雞下的蛋。」

昨天歡鬧一下午後，我們在拉臘（Laragh）當地餐館享用了一頓豐盛的晚餐，健行和新鮮空氣讓我們睡得又沉又香。現在瑪麗和我在民宿的早餐室，面對面坐在一張小木桌旁。今天我們計畫走過斯卡爾山（Scarr Mountain），前往圓木鎮（Roundwood）。這條路線難度中等，根據旅遊指南的描述，需要良好的基本體能和穩健的步伐。我們面前有一段不短的路要走，一頓豐富的愛爾蘭早餐絕對是必要的，我看著歐姆蛋心想。

半個小時後，我們收拾背包，開始出發。

「年輕女士，妳今天打算探討什麼科學主題呢？」

她咧嘴笑了。「昨天的資訊我還沒消化完畢。妳告訴我大腦裡的猴子，又解釋了對情緒和回憶非常重要的邊緣系統。噢，我們還談到凡妮莎，她本來陷在不快樂的生活中，後來卻去環遊世界了。」她記得真清楚。

她停頓了一會兒。

「現在我知道我的思緒也和感受有關。」她又說下去：「可是，我還不清楚怎麼樣才能影響思緒和感受？」瑪麗一臉困惑看著我。

我思索了一下。

「我們能左右自己的想法和感受，這是事實，更是一種力量，因為那能幫助我們成為更好的自己。」我語氣堅定地說。「我再多告訴妳一些什麼是潛能和成就。」

我們抵達帕鐸克山（Paddock Hill）山腳，決定先稍作休息，再登高穿越幽暗的森林。瑪麗從褲子口袋掏出小條彩色條紋絲巾，繫在額頭上。我喝了一口水，凝望迷人的夢幻景致。

「出發吧！」我鼓勵女兒，她還在和一頭紅色長髮奮鬥。

雖然天色還早，我們卻彷彿走進暮色，林木生長緊密，部分樹冠相接在一起。四下闃靜，幾乎有點陰森可怕。我們緩緩上坡，松針覆滿大地，緩衝了我們的腳步，也是我們唯一聽到的聲音。

「成就如同方程式一樣，潛能減掉內在煞車器，得出的結果就是妳和他人看見的成就，例如妳的賽跑時間、簡報、寫報告、提出創意想法等等。潛能與天賦、才能、知識與專長有關。成就若能反應出潛能，那是最理想的。每個人都擁有獨特的潛能。妳覺得自己的潛能是什麼？」

瑪麗回答之前，思索了好一會兒。

「我是優秀的跑者，桌球打得很好，學語言相當快，而且唱歌也很棒。」

「沒錯，這些例子都是妳的潛能，完全屬於妳，無人能夠奪走。我們昨天稍微簡單談過妳八百公尺賽跑獲勝的事。」

瑪麗點頭。

「可惜我們往往無法充分發揮潛能，原因來自於煞車器，也就是所謂的內在障礙。」

「那是什麼？」

「最好再舉個例子來說明。妳在唱歌方面有天賦，具備無窮的潛能，而且每週一次參加合唱團練習。現在想像一下，妳獨自在家，在廚房引吭高歌，唱得超級棒，每個音都很準，完全發揮出妳的潛能。」

瑪麗臉上漾出微笑。

「隔天晚上，妳參加聚會時，有人得知妳是優秀的歌手，還參加了合唱團。這個人邀請妳在大家面前演唱一首小夜曲。結果會發生什麼事？」

「我希望不會發生這種事。」瑪麗毫不猶豫地說：「我絕對拿不出最好的表現，很有可能唱不好！」

「妳喪失潛能了嗎？遺忘在家裡？」

她笑著回答：「不是啊，當然不是。」

「那是為什麼呢？」

瑪麗繼續說：「我一定超級緊張，壓力山大，很怕別人嘲笑我。我絕對會緊張死了。」

「是的。因為妳的猴子說：妳備感壓力而且會被笑。正是腦中猴子這個內心聲音，在忽然之間造成了內在障礙。」

「所以這類障礙阻斷了我的歌唱潛能。」瑪麗得出結論說：「我能怎麼做呢？」

「剛才說『成就，是潛能減掉內在障礙』的方程式，就派上用場了。提高成就的方式要合理且自然；換句話說，就是持續發揮潛能，並且同時減少內在的障礙。而這種能力叫做『自我調節』。」

瑪麗點點頭。我們默不作聲並肩走了一段路。離開林間小路，小枝椏和乾松針在鞋底下喀嚓響，形成了一種節奏，驅動我們前進。在坡道盡頭，我們來到一處高地，終於脫離陰暗，走入陽光。

「自我調節？」瑪麗彷彿從另一個世界冒出來似的，滿臉不解看著我。

「是的，那是辨識並削弱內在障礙的能力。透過這種方式，能夠釋放潛能，最後成就最好的自己。或者換個說法：自我調節能力幫助我們釋放潛能，盡可能取得最傑出的成就。」

成就如同方程式一樣，潛能減掉內在煞車器，得出的結果就是你和他人看見的成就。

「自我調節能力可以改善嗎？」

「自我調節能力是種人格特質，我們天生就具備一定的自我調節能力。但是，只要我們願意，幸好這種能力也能獲得改善。目前有許多人投入自我調節能力的研究。上世紀七〇年代，加州史丹福大沃爾特・米歇爾（Walter Mischel）教授的棉花糖實驗，進一步激起了大眾的研究興趣。」

「棉花糖？是那種軟軟的、像海綿一樣，有時候會烤來吃的小點心嗎？」

「正是。妳三歲時——我不知道妳是否還記得？——我給妳做過棉花糖實驗。」

瑪麗目瞪口呆看著我。

「好啦、好啦，妳不是真正的實驗小兔子——讓我解釋一下這個實驗嘛。實驗的對象多半是四到七歲的小孩。小孩坐在桌子前，桌上擺著裝了一顆棉花糖的盤子。研究人員告訴小孩，他不在的十五分鐘裡，小孩若是沒有吃掉棉花糖，等他回來，就可再得到一顆。說明完畢，研究人員離開房間。」

「欸，這實驗好壞心喔！那是要小孩在立刻得到的小獎賞和事後的大獎賞之間做選擇嗎？」

「這任務對小孩來說其實並不容易。」我強調說。「有趣的是，後續還長期追蹤了參加實驗的小孩。沃爾特・米歇爾和他的團隊發現，坐在棉花糖前面等候的小孩，成年後成績較好，工作機會更佳，生活也更健康。其他研究也證實，自我調節能力較好的小孩，在生活中成功的機會較大，私人生活和職業生涯都一樣。不過，最近一項複製這些結果的實驗顯示，人生成功不光是自我調節的問題，還摻雜了經濟背景。即使如此，自我調節的能力對於個人生活品質的確舉足輕重。」

瑪麗好奇問道：「我的實驗結果怎麼樣？」

「我使用的不是棉花糖，而是麵包棒。妳小時候很愛吃。」

「對！我記得！」

「我給妳一根麵包棒，請妳之後再吃。露易莎那時候還是個小嬰兒，我要整理嬰兒車，準備一起出門散步。所以我告訴妳，等我們出了門，妳可以拿到第二根麵包棒。」

「我表現怎麼樣？」

「妳十分安靜地等我們準備好，一走到門外，我立刻兌現諾言。但露易莎又哭又鬧，怎麼樣也不肯安靜，我的注意力全被她拉走。走到半路，我才發現妳手裡還緊握著兩根麵包棒。」

「媽媽！我才不相信！」瑪麗哈哈大笑。

我也跟著笑了，接著又繼續說：「我當下立刻鼓勵妳吃掉麵包棒，妳也開心地吃了。」

「那露易莎呢？妳也給她做了實驗嗎？」

「我該怎麼說呢——我嘗試了……」回想起我和露易莎一起坐在桌邊的時刻，我不由得發笑「我還沒向她說明完，麵包棒就被吃掉了！」

瑪麗捧腹大笑，我也一起哈哈笑著。

我們抵達斯卡爾山的山腳，太陽施展威力，照亮眼前景致，萬物清新翠綠。瑪麗張開雙臂，臉龐煥發調皮與喜悅的光采。

「露易莎直接吃掉麵包棒，沒有耐心等拿第二根，所以她的人生不會太成功嗎？」

「不是的，倒也沒有那麼糟糕。」我說：「首先，進行實驗時，我不像專家那麼嚴謹準確；其次，因為我是她媽媽，不是拿麵包棒的中立第三者，結果自然會有差別。不過，即使她在真正的實驗中吃掉了棉花糖，我也不擔心。」

「妳剛才不是說，能夠耐心等候的孩子，人生比較成功嗎？」

談論問題，只會導致問題；談論解決方法，就會找到解決方法。

「是的，不過那只是整體的一小部分。就像剛才所說，我們生下來多少都具備自我調節的能力。有些人天生擅長自我調節，有些人則覺得困難重重。不過，所有人都在同一個光譜裡面，幸好自我調節也是種可以培養與改善的能力。」

瑪麗進一步問：「怎麼做？」

「要了解這一點，我們必須再看看大腦的運作方式。」我建議說。「妨礙潛能發展的內在煞車器，多半是因為大腦中的情緒系統過於活躍所產生的，因此我們要深入觀察杏仁核。生存、情緒生活以及情緒記憶的形成，都需要杏仁核。杏仁核。其實我們有兩個杏仁核，左右腦都有，但通常只用單數來稱呼。杏仁核的強烈活躍，與負面想法與感受，以及出現在根本不構成危險狀況中的壓力與激動有關。」

「就像只是想到蛇或要站在舞臺上那樣嗎？」

「是的，怯場是個很好的例子，演講或上臺唱歌並非什麼真正危險。可是，猴子在不知不覺中告訴我們，我們不想在人前出醜，或者我們就是不夠好……害怕丟臉，是很大的煞車器。」

「我們不想經歷那種狀況，身體於是準備戰鬥或逃跑，或者乾脆就僵住了。所以我們會開始冒汗、胃變得怪怪的，甚至雙手顫抖。」瑪麗接著把話說完。

「有時候壓力反應可能過度激烈，導致腦筋一片空白，也可能會忘記歌詞。」

「為什麼會這樣？」

「我們需要大腦另一個完全不同的區域，來處理發揮潛能的挑戰，那就是頭部前方的前額葉皮質。前額葉皮質負責執行功能，例如規劃與組織我們的行為、實現目標、使用工作記憶，以及找出解決方案、決策或確定優先順序，這裡只是舉出幾個例子。處理日常許多耗費精神的事情，都需要前額葉皮質。妳想一下森林裡的蛇那個例子。」我給瑪麗一點時間進入情境。「妳明白了那是一條蛇後，杏仁核立刻變得活躍，迅速引發戰鬥—逃跑—僵住反應。」

瑪麗補充說：「完全沒思考。」

我點頭。「在那樣的時刻，根本沒有辦法思考。」我強調說。「唯一重要的事實是：思考或生存。如果妳花時間思考，生命就會陷入危險。所以戰鬥—逃跑—僵住的快速反應，是排除掉前額葉皮質的。妳不是戰鬥、逃掉，就是躲起來，以便盡快確保自己的安全。」

瑪麗總結說：「就算沒有實際發生危險，在杏仁核受到強烈刺激的情況下，前額葉皮質一樣會失去作用。」

女兒如此投入我關注的主題，讓我深感佩服。

「杏仁核和前額葉皮質緊密相連，所以也會快速相互影響。真正危急時刻，這種連結允許杏仁核讓前額葉皮質失去作用，幫助我們生存下來。妳剛才說得沒錯，在沒有實際發生危險的情況下活化杏仁核，也會產生類似活化模式。」

「就像我在學校上臺公演一樣？」

「沒錯！但是，若不是真正的危險，杏仁核卻被活化的話，我們的反應與思考能力會下降。除此之外，大腦一旦認清沒有危險，前額葉皮質就會減少杏仁核的活化程度——那會消耗更多能量，這是好的一面……」

瑪麗笑說：「我不確定是不是真想知道不好的一面。」

我安慰她：「人生有些事情總有另一個面向嘛。」

瑪麗說：「好啦，說吧。」

「壞消息是，前額葉皮質的容量有限。」

「妳是說像電池一樣？」

「對，就像是種精神電池。即使前額葉皮質的機制要複雜許多，但可以用電池來形容。精神電池蓄滿電時，我們就擁有大量能量來處理壓力，例如杏仁核過度活躍。在處理這些事務上，前額葉皮質提供很好的援助。不過，電池使用越多，電量會逐漸下降；對我們來說，日常事務就變得更加惱人。」

「噢，現在真的變複雜了。」瑪麗回答，然後轉了一個圈，彷彿象徵她的困惑。「妳看，這裡的景觀劃分得既精確又簡單！」她停下來，指著河谷。「遠方的綠地像棋盤一樣排列，一排排的樹形成了分界線。」她又轉起圈，下一圈直接拉著我一起轉。

我想起自己曾經不只一次耗盡精神電池的日子。

「我最好再舉另外一個譬喻，解釋在緊張煩累的工作日中，活化模式如何在杏仁核和前額葉皮質之間流動。若想達到精神絕佳平衡、取得優異成就，前提是需要飽滿的精神電池。此外，如果沒有迫在眉睫的危險，我們也不希望杏仁核太活躍，否則會升高體內的壓力水平。這些很重要，要牢牢記住。我來講一下妳和露易莎還小時，我一般是怎麼度過工作日的吧。」

「喔，那一定很有趣。」瑪麗故意挑釁說。

「露易莎還是小嬰兒時，晚上總是睡不好，我夜裡經常要起床，所以白天總覺得筋疲力盡。我身為單親媽媽，真的忙得不可開交。由於睡眠不足，所以精神電池無法充飽電。儘管如此，我早上還是得起床，做好一天的準備。有次，我幫露易莎穿衣服時，妳忽然決定要穿上夏季洋裝，而那時外面正在下雪！妳固執己見，怎麼也不肯脫掉。」

瑪麗咧嘴笑說：「噢，可憐的媽媽！雖然那一定很累人，可是聽起來很有趣耶。妳也知道，我從小就喜歡穿洋裝啊。」

「我做了什麼呢？我試圖保持冷靜，口氣平和說服妳穿上保暖的褲子，那耗掉了我相當多的精力。同時，我必須趕去上班，時間一分一秒流逝。好不容易妳願意在洋裝底下穿上褲子後，我們走去開車。我清理

我們即使處在平和的環境，仍可能憂心忡忡；而在吵雜紊亂的世界裡，
也能找到內心平靜。

擋風玻璃上的積雪時，妳因為被逼穿長褲，在車裡扯破喉嚨尖叫，到幼稚園的路上，妳還是不斷哭喊。一個半小時後，我終於開車上班，抵達工作場所，我的精神電池已經消耗一半，整個人疲憊不堪。這裡就不一一列舉我的工作內容了，不過我當時仍是科學家，日常工作需要大量腦力。總而言之，可以說我下午從幼稚園接妳們兩個回家時，精神電池幾乎完全耗盡。我本來答應帶妳和露易莎去游泳，卻暗自期待妳忘了這件事。但是事與願違。事實上我接到妳們時，妳一開口就提游泳，妳的願望就是我的命令。」我戳戳她的腰。「到了游泳池後，我發現自己只是機械性動作，幾乎再也沒有精力了。我們在更衣室脫掉保暖衣物，卻發現忘記帶露易莎的游泳尿布。直接放棄游泳開車回家當然不可能，畢竟那是我們第一次游泳！我決定給露易莎換上一般尿布，幫她套上游泳浮袖。一弄好她，就給妳穿泳裝，吹漲浮袖。等到全部做完，才發現露易莎從我背後門底下的縫鑽出更衣室了！」

「喔不，媽媽！」瑪麗笑得樂不可支，我也被她感染笑意，但是我說：「那是很久以前的事了，我知道最後安然沒事，所以現在能一笑置之。可是，當時我整個壓力爆表，一絲氣力也沒有了！」

「露易莎到底去哪裡了？」

「就在走廊上蹦蹦跳跳的。我還可以告訴妳，在游泳池內穿上一般尿布，並非明智之舉！那天我學到教訓，知道尿布有多會吸水。我們下水後，露易莎的尿布整個鼓起來！」

一想到那幅景象，我不禁開懷笑了。

瑪麗咯咯笑說：「媽媽，好尷尬喔！」

「我完全累慘了！」

瑪麗問：「那種筋疲力盡是什麼感覺？一定和跑完八百公尺或馬拉松那種氣力用盡的感覺不一樣吧？」

我沒有回答，而是建議說：「先休息喘口氣吧。」

我們已經攻上斯卡爾山頂。從高處眺望，威克洛山脈美不勝收，令人屏息。我非常自豪到現在為止走過了一大段路，幸福感頓時流過全身。瑪麗也安靜下來，可能正在深深吸氣，因為她忽然舉起雙手，高聲歡呼。朝威克洛郡最大城市布雷（Bray）望去，房子袖珍迷你，像可以輕易拿在手中的玩具。愛爾蘭海在陽光下粼粼閃爍，靜謐祥和。我把瑪麗拉過來，親吻她的額頭。我們手挽著手，陶醉在眼前的美景之中。

「啊，又見面了。」一個聲音打破寧靜。「看來我們今天也選了同樣路線。」

帶著黃金獵犬的女士從一處草叢後面探出身，狗兒警覺地坐在一旁，顯然留意不讓人靠近主人。她親切地說：「對了，我叫克利絲蒂娜，這是娜拉。」她伸出手指著狗。

「我叫瑪麗，您的狗好漂亮啊！」我女兒熱情說，一邊撫摸著娜拉光澤閃亮的皮毛。

「克利絲蒂娜，很高興認識您，我是茱莉葉，瑪麗的媽媽。」我補充說，與她握手。

「我們坐在這裡會不會打擾您？」我指向她坐著的平坦岩石。

克利絲蒂娜興奮地說：「當然不會，請安心坐下吧。風景很迷人，不是嗎？」

瑪麗和我在她旁邊坐下，從背包拿出口糧。

我問：「您第一次走威克洛步道嗎？」

她回答：「是的，不過我已經走過好幾條朝聖之路。四年前我走了一段聖雅各之路（Camino de Santiage），那是趟真正的體驗！」

瑪麗問：「聖雅各之路在哪裡？」

克利絲蒂娜用手指在石頭上畫著想像中的地圖。

「如果這裡是西班牙，聖地牙哥——德孔波斯特拉（Santiago de Compostela），就大概在這裡，位於西班牙西北邊，緊鄰葡萄牙邊界。有許多條朝聖之路通往聖地牙哥—德孔波斯特拉，我選擇的是最熱門的路線，起點在巴斯克區（Baskenland）的法國小鎮聖讓——皮耶德波爾（Saint-Jean-Pied-de-Port），距離西班牙邊界七十六公里。」

瑪麗瞪大眼睛。「哇喔！所以您從法國走到西班牙！您走了多久？」

「嗯……」克利絲蒂娜想了一下。「大概五個多星期。我一天走二十四到二十七公里，不過中間也會休息幾天。」

瑪麗佩服說：「這條路很長耶。」

克利絲蒂娜凝望著遠方。

她說：「那個時候，健行是我唯一能做的事情。」

瑪麗脫口就問：「您是什麼意思？」

「克利絲蒂娜，很遺憾聽到這樣的事。」我立刻說。「我們沒有要探人隱私。」

「啊，別擔心。」克利絲蒂娜回神說，對瑪麗笑了一笑。「我很樂意告訴妳們。」

「如果您願意，請儘管說。」我鼓勵她。

克利絲蒂娜往後靠向一塊像寬長椅的岩石，喝了一口水，似乎慢慢放鬆下來。娜拉嗅了嗅瑪麗的手，希望分得她一點麵包。瑪麗摸摸狗兒的頭，說了幾句安撫的話，娜拉最後蜷縮身子，舒服地窩在她的腳邊。

「我取得家鄉瓦倫西亞（Valencia）大學的法律學位後，」克利絲蒂娜開始說，「進入馬德里一家享有盛名的律師事務所。我念完五年大學的學費，多半是當服務生賺來的。因此，我很享受事務所這份工作帶來的財務自由。可是，我很快就發現事務所競爭非常激烈，還有其他七名菜鳥律師與我同期進入事務所，他們全都渴望事業飛黃騰達。我還記得第一天，我們在一頓豐盛的早餐中認識彼此。經過多年寒窗苦讀，這份早餐許諾了我想要的豪華生活。」克利絲蒂娜的目光又飄向遙遠的地平線。「那份早午餐吃得輕鬆愜意，氣氛友善愉快，至少在事務所一名合夥人現身之前是如此。他那天早上說的話，我至今未曾忘記。他先自我介紹是創辦人之一，接著補充說：『請各位環顧四周，觀察您左邊的人，再看看右邊的人，以及您對面的人。各位當中，只有一位能在事務所爬到頂尖位置。那個人或許就是您。』他一一注視我們的眼睛，冷冷笑了笑，志得意滿離開了。他一走，氣氛瞬間改變，彌漫著困惑、混亂，最後演變成我們之間的激烈競爭。」

瑪麗好奇問：「您辦到了嗎？」

克利絲蒂娜發出低沉的笑聲。「親愛的瑪麗，我想答案取決於妳怎麼定義『辦到』，我在分工合作與凸顯自我之間拉扯不已。我們一方面在專案中相互依賴，另一方面又要超越他人，在職業生涯中往上爬。或者，說得精確一點：妳不必比別人優秀，只要看起來比人強就行。說白了，就是要去爭取大案件，因為那會帶來可觀的收益。除此之外，獲得認可並具備極高的個人辨識度，也非常重要，但那不代表要實際完成工作，關鍵在於事務所同仁那樣認為就行。重要是表象，而非本質，所以大家往往在名聲上汲汲營營。」

「聽起來好辛苦。」我說。「您怎麼撐過來的？」

她繼續說：「我很長一段時間完全沒意識到那樣很折磨人，畢竟我當時還年輕，生氣勃勃，熱情洋溢，對於法律充滿想法——其實到現在還是一樣。我習慣大量學習，所以不覺得加班有什麼不對。我經常在辦公室待到半夜，隔天早上七點已經又坐在辦公桌前了。」

「您的前額葉皮質十分活躍。」瑪麗總結克利絲蒂娜的說明。

克利絲蒂娜驚訝反問：「什麼？」

我們必須問自己能否改變身處的環境，一旦發現自己終日挫折沮喪，悶悶不樂，就值得考慮是否該另尋新環境了。

我向克利絲蒂娜簡單解釋之前對瑪麗說過的大腦與精神電池。

克利絲蒂娜吃驚地聽著。「有道理。」她點頭認同說：「我注意到如果夜裡睡得少，隔天便無法專心工作，感覺像腦中有霧似的。此外，我也變得焦躁不安。不過，數不清的加班最後有了回報，兩年後我升遷了，邁向職業生涯的新階段。我初次贏得幾樁重大案件，賺進一大筆錢，購入了馬德里黃金地段一間豪華公寓。」

「壓力這麼大，您還能享受豪華的生活嗎？」

克利絲蒂娜闔上雙眼，好一陣子沉默不語。

「不行，其實沒有。」她承認「回想當時的日子，我反而很少待在美麗的公寓裡。不可否認，那公寓象徵一定的面子與聲望，讓我臉上有光。當時我認為自己長期加班，確實值得擁有公寓。彷彿在事務所花了那麼多時間，包括整個週末，所以必須有所補償才行。」

克利絲蒂娜伸直雙腿，搔了搔娜拉的頭。「所以回答妳的問題，瑪麗，我不認為公寓帶給我快樂。我待在那裡的時間太少了。」

我口氣堅定問：「那您工作快樂嗎？」

克利絲蒂娜開口說話前，又沉默了好一會兒。「我覺得有點丟臉，但不得不承認，情況並非如此。我熱愛工作，可以為我真正關心的人和議題奮鬥，可是這種心態和競爭激烈的工作氛圍，令我心力交瘁。至少我現在認清了。不過當時我沒給自己空間思考，畢竟我正準備建立一個飛黃騰達的事業。這點很重要。我辛勤工作，也獲得了報酬：升遷和紅利獎金。但獎金我花不掉，因為沒有時間。」

娜拉彷彿收到訊號似的站了起來，短促吠叫一聲，好似認同主人的說法，然後又躺了下去。

「我每年前往昂貴的度假勝地待上兩個星期，等到我好不容易放鬆下來，已經準備要踏上歸途了。我就這樣在倉鼠輪上不停跑著，永無停歇。」克利絲蒂娜語氣透出哀傷。「頭腦如果無法休息，也沒有必要跑到喜瑪拉雅山旅行了，因為心思不在。」

我感受到克利絲蒂娜的哀傷。

「如果猴子無法放鬆下來，花兩個星期度假一點意義也沒有，對吧，媽媽？」

克利斯蒂娜問：「瑪麗，我完全被妳弄糊塗了！猴子又是什麼？」

「大腦裡有個聲音會不停對我們說話，我和媽媽把這聲音叫做『猴子』。猴子在腦袋裡製造念頭，關於我們自己、他人、過去和未來的看法。牠喋喋不休，告訴我們要想什麼、感受什麼、做什麼或不做什麼。」瑪麗熱切地解釋著。

「您也可以把那比喻成持續播放的內心戲。」我插話說：「壓力大的時候，尤其不可能減慢甚或中斷這種思緒旋轉木馬，結果可能導致睡眠之類的問題，因為思緒和擔憂讓我們無法入睡。」我嘗試說得

心裡沒有喜瑪拉雅山，登上喜瑪拉雅山一點意義也沒有。

生動一點。

克利絲蒂娜喝了一口水，思索我的話。娜拉又睜開眼睛，對著一處在風中輕輕搖曳的草叢嗅聞。

「聽到你們的話，再回想我的生活，我許多經歷忽然都有了道理。」她接著說。「仔細想想，我竟花了快兩個星期，才調整好心情準備度假。永無停歇的思緒的確驅使我不斷往前，並帶來許多壓力。我被卡住了。雖然身在喜瑪拉雅，整個人卻陷在思緒裡。人在，心不在。」

克利絲蒂娜閉上雙眼，面容更加憂愁。我感覺她泫然欲泣。瑪麗還想丟出下一個問題，我連忙輕碰她手臂阻止她開口，我們好一會兒靜靜不說話。娜拉似乎感受到克利絲蒂娜的哀傷，輕輕嗚咽一聲，把頭放在她的大腿上。瑪麗最後還是克制不了好奇。

瑪麗問：「既然您工作不開心，為什麼不離開呢？」

「嗯，就像剛才說的：能夠為重要的事情奮鬥，所以工作讓我感到充實。不過，現在我覺得當時的激烈競爭，導致我為錯誤的理由工作。我脫離了自己的價值觀，不再忠實於自己，從此變得不快樂，因為我錯誤定義所謂成功的人生。」克利絲蒂娜嘆了口氣。「不過，有段時期，我沉浸在極度的幸福中。在事務所工作十年後，我戀愛了。」

這是克利絲蒂娜講述自己的故事以來，臉上第一次散發光采。

「太令人興奮了！」瑪麗叫道，我也露出微笑。

「那時候，我免費為一所無力承擔訴訟費用的學校提供法律服務。」克利絲蒂娜開口說，目光又飄向遠方。「學校管理人員發現餐飲供應商使用過期肉品，導致幾名學生生病。我在這案件中認識了胡安，一名與我同齡的教師。我還記得他侃侃而談兒童教育時，眼中閃現的光芒。他談論工作時熱情洋溢，能量彷彿灌注到我身上。不僅如此，他對生活充滿熱情，希望改變自己周遭環境。」克利絲蒂娜雙手在空中畫出一個大圓圈。「我們深深相愛，很快就同居在一起。」她繼續說，連續嚥了好幾次口水。

瑪麗和我聽得入迷。

「剛開始，我們主要一起共度週末，因為我週間工作繁忙。晚上回到家，他多半已經睡了；吃早餐前，我通常已出門上班。我還記得當時自己多麼期待週末來臨。與胡安共度的時間，是我人生最幸福的時光。」克利絲蒂娜眼裡閃著光。

瑪麗滿懷期待問：「你們結婚了嗎？」

「可惜沒有。」克利絲蒂娜嘆氣說。「同居一年後，我接下一件大案子，占據我全部精力。胡安一開始非常支持我。但你們或許想像得到，壓力、長期加班、與胡安聚少離多，導致我們之間產生了隔閡。我們見面時間少，一見面就吵架。有次我很晚才回家，那天我們的關係產生劇烈變化。胡安已經睡了，在餐桌上留了一張紙條。我永遠忘不了上面的文字。」

我問：「您願意告訴我們寫了什麼嗎？」

「他為我寫了一首小詩：

克利絲蒂娜、克利絲蒂娜，我一生的摯愛，
我們對彼此的感情，如河水湍流不息，
沒有義務，
而是輕鬆自然的想望。
克利絲蒂娜、克利絲蒂娜，我一生的摯愛，
我們天生一對，
如今，在我們之間，
我渴望有個小孩。

克利絲蒂娜、克利絲蒂娜，我一生的摯愛。」

克利絲蒂娜念著詩，眼淚也撲簌簌滑下臉頰。

「好美的詩。」我輕輕觸碰她的手。瑪麗覺得有點尷尬，視線飄向一旁。

「是的，沒錯。那晚的點點滴滴仍清楚浮現眼前。我一遍又一遍讀著詩，內心湧現喜悅與幸福。但是幾分鐘後，我的……」她轉向我。「您說那叫什麼？腦中的猴子？猴子？猴子跳出來說，生孩子會毀了我的事業。『妳怎麼辦得到？』猴子問我。『妳辛辛苦苦工作，才擁有今天的地位與成就耶，妳想要拿這一切孤注一擲嗎？』牠如此挑戰我說著。我還記得那該死的聲音讓我悲傷欲絕，我感覺自己擺脫不了牠，卻也沒有力氣對抗。於是我上樓，親吻熟睡的胡安，然後哭著入睡。」克利絲蒂娜輕聲啜泣。

瑪麗小心翼翼開口：「您為什麼這麼傷心？」

「因為我決定離開胡安，隔天就離開。」

「什麼?!妳不希望有家庭嗎？」瑪麗驚訝萬分。

克利絲蒂娜對她憂傷一笑：「啊，瑪麗，沒有比和胡安共組家庭更讓我渴望了。我一直想要孩子，像妳一樣的女孩。我現在看著妳，又清楚感覺到那股渴望。」

「很抱歉！」瑪麗垂下目光。「可是，為什麼您要結束和胡安的關係呢？」

「事業與野心顯然蒙蔽了我真正的需求，也或許是強大的壓力導致我遠離了自己。」克利絲蒂娜搖著頭，彷彿無法相信當初發生了什麼事。「就像之前所說，與胡安在一起的那段時光，純粹只有幸福。我從來沒擁有過這樣的關係。我們在一起時，我希望那一刻永遠不要結束。但同時，這種感情的純度和強度又讓我不安。」克利絲蒂娜的眼光再次飄向遠方。「不過我現在知道，是猴子說服我要專心工作、關注事業、我們七人當中只有一名能夠成為事務所合夥人。回顧過去，真希望我有勇氣忽略猴子，依循自己真正的價值觀行事。真希望我傾聽了內心的聲音。」

我心情低落地問：「沒有辦法平衡您的工作與感情嗎？」

「面對沉重壓力與事務所的激烈競爭，我沒有辦法。那些充斥了當時我的生活。我相信應該有方法解決，但是我整個人被搾乾了，沒有足夠的精神力量打破壞習慣。現在可以明確說，那些都是不好的習慣。回想起來，不知道胡安為什麼愛上我。」

我從旁打量著克利絲蒂娜。她的臉曬成金棕色，布滿細紋；稜角分明的五官看似嚴肅，但長及下巴的鬈髮與豐潤的嘴唇，消融掉她的有稜有角，她是位非常美麗的女人。克利絲蒂娜年輕時生氣勃勃的樣子立刻

上帝啊，請賜我以寧靜，接受無法改變之事；請賜我以勇氣，改變能改變之事；且賜我以智慧，分辨應接受抑或改變。（霍德．尼布爾（Reinhold Niebuhr）〈寧靜禱文〉）

出現在我眼前，我說：「噢，我能想像胡安為什麼愛上您。」我拉上風衣的拉鍊，風有點變強了。

她微笑看著我。

我又說：「我想多說明一點這種精神疲憊的狀態。」瑪麗看著我，立刻知道我想說什麼。

「我們的精神電池容量有限。」克利絲蒂娜和瑪麗同時點頭。

我繼續說明：「前額葉皮質與大腦深處的杏仁核有關。準確來說，杏仁核有兩個，一個在左，一個在右。雖然杏仁核很小，差不多就像杏仁一樣，形狀也類似，在我們生活中卻具備重要功能，對生存不可或缺，會引發感受，形成情緒記憶。就如同您記得發現小詩紙條的那一晚，克利絲蒂娜。」

她微笑說：「那一晚確實心緒澎湃，一點一滴記得十分清楚。」

「雖然杏仁核有好的作用，」我接續說下去，「可惜也是壓力觸發器。此外，杏仁核若是活躍一點，還會引起恐懼與憂懼。前額葉皮質由於與杏仁核緊密相連，多少能控制杏仁核。舉個例子或許比較清楚：我們身邊總有自己不太喜歡的人，若是不得不和這樣的人相處，到後來腦中猴子會開始說他的壞話。我們多半不會意識到自己內在評價這個人的負面聲音，因為那人在我們大腦中與負面感受相連。」

克利絲蒂娜問：「正是這種負面詮釋加劇杏仁核的活躍嗎？」

瑪麗說：「對，杏仁核太活躍，會引發我們內在壓力。」

「沒錯！」我附和說。「所以，第一課：思緒會觸發感受。第二課：杏仁核若是進一步活躍，將在體內引發負面反應，讓我們感受到壓力；狀況一旦惡化，甚至會精神耗竭。」

克利絲蒂娜又問：「前額葉皮質如何產生作用？」

我說明：「面臨真正危險時，杏仁核會產生一種衝動，啟動生存模式。例如看見蛇，出現戰鬥—逃跑—僵住典型反應。生存模式一旦啟動，前額葉皮質將暫時癱瘓，因為面對危急情況，不可能冷靜思考要採取什麼行動。從演化觀點來看，前額葉皮質出現這種反應並且遭到關閉，對生存非常重要。」

克利絲蒂娜說：「但是一個我們不喜歡的人，不是危及生命的危險啊。」

我接著說：「不過，見到那人或者想到那人，卻可能增加自己的壓力。我想表達的是，如果杏仁核在沒有真正危險的情況下，出現壓力反應，前額葉皮質就會嘗試降低杏仁核的活躍程度，因為那種壓力反應是多餘的。」

克利絲蒂娜要求：「可以再解釋清楚一點嗎？」

我反問她：「您有沒有注意到，工作量一樣，但在壓力很大的日子，相比壓力較小的時候，晚上精神更加疲累？」

「我想起一件特別有趣的案子，是和事務所中我最喜歡的同事合作的。她叫做凡勒妮雅，聰明、開朗，而且幽默。我享受和她一起工作，我們總是笑聲不斷。她非常討人喜歡，沒有興趣為求飛黃騰達，在別人背後捅一刀，可惜這種態度不可能在事務所出人頭地。茱莉葉，回答您的問題：與凡勒妮雅合作有趣的案子，我從來不覺得疲累。雖然那時候也一樣經常加班，即使七晚八晚才下班，仍舊有精力做其他事情。」

「壓力是最大的能量吞噬器，精神電池如果忙著處理壓力，有限的容量一下子就會消耗殆盡，於是精神容易感到疲憊，瀕臨極限的速度也更快。」

我們現在需要暫歇一會兒，娜拉也使勁搖晃身體，純真地看了大家一圈。

瑪麗解讀說：「我覺得牠餓了。」

克利絲蒂娜說：「如果牠聽話坐好，妳可以給牠一點三明治。」

瑪麗馬上問：「『坐下』的西班牙文怎麼說？」

她對瑪麗微笑說：「Siéntate！」

「娜拉！」瑪麗喊道，假裝嚴肅看著狗兒。「Siéntate！」她食指往上伸直，又說一遍「Siéntate！」

她才說完，娜拉便坐得直挺挺的，滿懷期待地看著她。

「真乖，娜拉！」瑪麗撕下藏在風衣裡的麵包，丟給黃金獵犬。黃金獵犬津津有味地吃著。

我們興奮地拍起手。

瑪麗開口說：「我終於明白什麼是精疲力竭了，因為能量電池降到最低點，所以精神被搾乾了。」

「沒錯，就是這樣。可惜的是，這種精疲力竭的狀況，通常出現在我們期待度過生活美好時刻的時候，例如漫長一天辛苦工作後，終於返家和親愛的人相聚。白天時精神能量耗盡，這時杏仁核開始自由活動了；所以過完壓力爆表的一天，我們只不過是一個糟糕的自己。」

「越是思考，」克利絲蒂娜插話說。「越覺得我整個狀況都合理了。在事務所工作越久，精神能量耗損得越嚴重。而且我一天只睡五到六個小時，精力更加耗弱。」

我問她：「結果如何？您成為合夥人了嗎？」

「沒有。」克利絲蒂娜口氣果斷說，「幸好沒有。」

「幸好？」瑪麗驚訝追問「我以為那是您的目標？」

「長久以來，我也以為那是自己的人生目標。這樣說好了，命運對我另有打算。」克利絲蒂娜接著說：「我離開胡安後，工作更加辛勤了，我想要忘記自己和他在一起有多快樂。沒多久，我開始注意到一些過勞的症狀，我現在確信症狀早已出現，但是顯然我也失去與身體的連結。」

「壓力一定會切斷我們與身體的連結。」我解釋。「您出現哪些症狀呢？」

「我無法擺脫川流不惜的念頭與思緒，尤其是晚上，狀況糟到幾乎無法入睡。由於睡眠不足，情況更加惡劣。整個身體都在抗議，雙手顫抖、心跳加速、背部和肌肉僵硬，而這些又惡化了我的睡眠問題。那些應該都是杏仁核過度活躍造成的，對嗎，茱莉葉？」

我繼續說明：「我認為是的。如果壓力高得誇張，呼吸會變淺，消化和腸道也容易出現問題，而腸道健康與否，對免疫系統影響很大。有人經常生病，不時感冒，這些都不令人意外，因為壓力直接攻擊免疫系統，也就容易受到感染。」

「這些症狀我都不陌生，各種狀況都有。我的精神也越來越糟，沒有辦法集中注意力，記憶明顯衰退；對待同事也越加粗暴，輸掉官司，就毫不客氣指責他們表現差勁。那個時候我已經晉升為資深律師，有自己的團隊。但我這個主管糟糕透頂，我一點兒也不自豪。有一天，情況就失控了。」

「發生什麼事了？」

「一天早上，我發現一份檔案不見，整個人勃然大怒，硬說是同事散漫弄丟了。我威脅若不盡快找出檔案，就要開除他們。我的團隊見過我各式各樣的狀況，但這次最糟糕。其中一人叫湯馬斯，竟然建議我休息幾天，因為在那之前兩個星期，我生了病，卻沒有時間好好休養。我現在對湯馬斯心懷敬意，不過當下只是更加憤怒。我就不多說細節了，總之我怒氣沖天，驚動一位合夥人不得不出面干預。整個辦公室，包括訪客，全部目睹我暴跳如雷，我不僅表現不專業，甚至毫不尊敬同事，後來我才知道後者更重要。」克利絲蒂娜羞愧坦誠說。「我的眼裡只有自己。」

我深受克利絲蒂娜的故事撼動，我們三人各自陷入沉思。娜拉似乎也被打動，狗鼻子輕輕頂著克利絲蒂娜，彷彿想表達同情。

「嗯，我的例子，」克利絲蒂娜又說，「早已經是過勞了。我走進家門時，還想對強迫休假提出異議，至少整整五分鐘時間都在思考這件事。接著，我倒在床上，眼淚掉了下來，好幾個小時只是躺著哭泣。後來第一個閃過腦子的念頭是：噢，天啊，克利絲蒂娜，過去十五年，妳完全沒有花時間宣洩哀傷！我為胡安而哭，悲傷因為自己離開而失去的幸福；為我們沒有機會擁有的孩子而哭；為我人生的損失而哭，因為我浪費時間拚命賺錢買不需要的東西；一想到客戶在辦公室看見我脫序的行為，我也羞愧得淚流不止，我為過去幾年發生在自己身上的一切落淚。不過，更因為全然的精疲力竭而哭，因為我再也擠不出一滴精力做任何事情了。」

我笑容溫和，問克利絲蒂娜：「您後來眼淚流乾了嗎？」

「噢，是的。」她臉龐漾起微笑。「不知過了多久，我鼓起勇氣打電話給我媽。起初很猶豫，因為過去十五年我經常忽視她的來電，多次約見面，我也都沒答應。不過，我還是克服心理障礙，拿起了話筒。她立刻跳上火車來看我。趕到我家一看見狀況，二話不說，直接抱住我，給我一個吻，並在我耳邊低聲說：『沒事，孩子，一切都會沒事的！』」

「您現在沒事了吧？」瑪麗問得有點遲疑。

「是的，我現在很好，瑪麗。」克利絲蒂娜微笑說：「我後來被診斷出嚴重過勞，這點應該不會有人感到驚訝。我無法好好照顧自己，所以住進了醫院，幸好我有足夠財力能支付醫療費用。我賺這麼多錢，總算花得有價值了！從過勞中恢復生息，是條漫長的路，一開始我根本無法思考，精神電池仍舊徹底放電。經過長時間休養生息，我終於有能力思考要怎麼對待自己，重新開始生活。」

只要打開我們的感官，內在的智慧就會引導我們。

瑪麗脫口而出：「所以您現在健行。」

「是的，那對我幫助很大。我從大自然找到幸福與快樂，不再忽略生活中的美，感覺自己活在當下，確確實實地存在。狀況改善後，我從動物收容所領養了娜拉。一看見牠，長久以來，第一次又感受到某種喜悅，那是一見鍾情。從此之後，我們形影不離，牠陪伴我到天涯海角。那些年我緊張工作，幾乎忘記世界有多美，生活能有多幸福。」克利絲蒂娜摸著娜拉的頭，眼睛閃閃晶亮。

「出院後，一次母親帶我外出散步，我看見了一面木牌，上面有個貝殼。母親告訴我，那是朝聖者貝殼，標誌著聖地牙哥——德孔波斯特拉之路，也就是聖雅各之路。」

瑪麗說：「那段旅程您走了五個星期。」

「我曾聽說這條路，但未想過從事健行之旅或者踏上朝聖之路。一看見木牌，一股愉悅的感覺流過全身。」克利絲蒂娜回想說。「我無法準確說明那是什麼，但或許描述成深深的信任最為恰當。深沉、純淨，而且真實。」

克利絲蒂娜停頓了一下，回首往日種種。

「在那一刻，我有種感覺，走上聖雅各之路對我是正確不過的事。說到做到，我花幾天準備，然後就上路了。」她雙眸散發光采。

我說：「哇！您真的很勇敢。」

「不、不，茱莉葉，一點兒都不勇敢！我只是學會：為自己做出正確的事情時，永遠能找到一條路，自然而然知道該做什麼。」

瑪麗問：「您一個人走不會怕嗎？」

克利絲蒂娜臉上泛起微笑，從內散發的自信令我驚豔「不怕，瑪麗，因為人永遠有自己相伴。傾聽內在的聲音，宇宙與大自然會成為妳完美的嚮導，妳絕對不會迷失的。」

我們又安靜了一會兒，思索克利絲蒂娜睿智的話語。四周的丘陵、谷壑與小平原，自然而然輝映出她的人生故事。我想，生命就是在這種變化萬千或反覆重現中前進，大自然優美景致又深深鼓舞了我。路途起起伏伏，我們時而歇腳休息，時而停頓一下，讓自己喘口氣或恢復精力。我靠向瑪麗，親了她一下。

我低聲問：「要繼續上路了嗎？」

瑪麗點頭。

「克利絲蒂娜，您要和我們一起走嗎？」

她笑了。

「謝謝您的建議，不過我還想再待一會兒。對我來說，沒有比此時此地更好的地方了。」

「您願意分享您的故事，真的很棒。」我謝謝克利絲蒂娜，給她一個擁抱。「我永遠不會忘記您與您的人生。」

我們擁有無窮的潛力。所以永遠別忘記，一旦充分發揮潛力，成為最好的自己，就能取得最棒的人生成就。

「要道謝的人是我，謝謝你們傾聽我的故事。」

娜拉興奮得圍著我們跳來跳去，享受瑪麗的道別撫摸。

我們繼續上路，過了一會兒，路開始陡峭向下，剛才聽著克利絲蒂娜的故事，時間飛快流逝，我們兩個現在需要空間消化一下。我們默默不語，緩緩走在覆滿青草與石楠的山坡，不時停下腳步，環顧四周，欣賞山谷景致。然後，慢慢走向今日的目的地：圓木鎮。

「巧克力蛋糕裡面有熱巧克力醬耶！一定很好吃！我等下甜點要這個。」瑪麗興奮喊出聲。

我們在圓木鎮一家餐館裡吃晚餐。

「妳昨天不是才吃過巧克力蛋糕了嗎？」

「媽媽，是沒錯，可是那個裡面沒加巧克力醬呀。我們走了好幾個小時耶，我現在餓得能吃下一匹馬！」

新鮮空氣和徒步健行讓我們胃口大開。

「妳不覺得大量運動後，食物更加美味嗎？」

我認同她說：「對，我也這麼認為，飢餓是最棒的調味料。」

「那療癒食物呢？為什麼會出現這種東西？」瑪麗忽然喃喃自語沉思著。

「我想每個人情況不一樣。不過，有些人在壓力大的時候，確實會進食。」

「所以壓力超大就吃東西，會感覺好一點嗎？」

「想想凡妮莎和她昂貴的鞋子以及許多皮包。」

「對，凡妮莎，那個環遊世界的人！她努力工作，壓力大時，就會買東西感覺一點小確幸。」瑪麗回想說。「對了，克利絲蒂娜講到購買不需要的昂貴東西時，我自然想到了凡妮莎。」

「是的，她們買進昂貴物品，活化了大腦裡的獎賞機制，並且釋放多巴胺，因此短暫感覺到幸福。我們吃東西想讓自己舒服一點，也是類似狀況。進食對生存非常重要。只要攝取食物，就會啟動大腦裡的獎賞機制，傳遞出幸福的感受。」

「我懂了！」

「尤其是食物匱乏時，獎賞機制會敦促我們尋找可以吃的東西。找到後，要努力多吃，因為不確定什麼時候又有食物。這點很重要。不過，今日在已開發國家，多數人的食物其實過量了。」我繼續說。「可是我們的獎賞機制依舊活躍，看見可口的食物，就想主導我們去吃東西。」

瑪麗故作嚴肅開玩笑說：「猴子會說：『快吃東西！』」

「沒錯，這時就要仰賴前額葉皮質控制進食的欲望，免得吃太多或者吃得不健康……」

「……但是精神電池快要耗光時，根本不容易辦到。」瑪麗把我的

感受，是身體變化積聚而成的，唯有討論感受，才有可能將內心起伏化作語言。

話說完。

我繼續解釋：「在壓力和飲食上，那產生的作用不太一樣。由於杏仁核過度活躍，精神電池加速消耗，進而沒有能力控制食物分量與種類。況且大腦知道吃東西對我們有益。所以，感受到壓力時，我們或許會犒賞自己可口的食物，因為我們知道那至少能帶來短暫的幸福感。」

「兩位還想加點什麼嗎？」服務生打斷我們的談話。

瑪麗一臉詢問看著我。

我回答：「兩份巧克力蛋糕。」

「我不確定是不是應該點巧克力。」服務生離開後，瑪麗又說。

「我知道，瑪麗。就算不是吃最健康的食物，但我認為偶爾獎勵自己很重要。過度控制飲食，很容易演變為危險的厭食症。只要傾聽身體的聲音，一定可以找到正確答案。」

「那是不是克利絲蒂娜說她與自己失去連結的意思？」

「我想是的。我們感受到壓力，腦中的猴子會變得更活躍，造成思緒的旋轉木馬高速轉動，導致注意力無法集中，迷失在思緒裡。我們神遊天外，不再活在當下。接下來，很少再傾聽身體的聲音，甚至是聽也不聽，因此不再了解自己怎麼回事，又真正需要什麼。我們人生需要什麼，如何獲得真正的幸福，其中一部分答案不是靠理智觀察得到，或者能以言語描述的。那往往來自於我們的感受。」我試著向她解釋。

「我不確定聽懂了沒有。」瑪麗歸納自己的想法。「意思是，我不是知道自己要什麼，而是感受到了嗎？換個說法：我必須先作好感受上的心理準備？」

我繼續說明：「嗯，可以這樣說。昨天我說過，感受是非常複雜的東西。感受，是身體變化積聚而成的，唯有討論感受，才有可能將內心起伏化作語言。這是一門科學，或者說得更確切一點：是種智慧。畢竟感受深藏在我們身體裡，而身體的變化最終無法以理性解釋。」

「可是，大腦還是扮演重要角色，對吧？」瑪麗有點困惑。

「當然，因為身體變化是某個大腦結構活化所引發的。」

瑪麗強調說：「不過，感受卻表現在我們整個身體裡。」

「嗯，是的，因為身體很聰明，是我們生活的重要指標，想想克利絲蒂娜的話就能明白。她和母親散步途中看見聖雅各朝聖之路的路標，體內油然生出一股明顯的強烈感受。那是種信任感。有時候無需言語，透過身體就能直接感受到自己走在正確的路上。」

瑪麗的目光飄過我，臉龐亮了起來，原來服務生正端著甜點過來。

「我的身體告訴我，熱熱的巧克力蛋糕正是我現在需要的。」

如何安撫
腦中的猴子

第三天　從圓木鎮到恩尼斯凱里

善用潛能，成為最好的自己

「我今天不吃巧克力了！」

我們在民宿享用早餐，我把巧克力餅乾推到一旁，瑪麗早就吃掉她那一份了。

「他們可以用跳的嗎？」她吃完第二塊餅乾，忽然開口問。「我說的是河邊那兩個人，他們應該可以直接跳到對面吧？」

我愣了一會兒，才想起那個謎題：兩個人要過河到對岸，但只有一艘船，一次只能搭載一個人，但兩個人最後仍然過了河。怎麼辦到的？

「不行，河太寬了。」

「河寬到沒有辦法把船用力推回給另外一個人嗎？」

我問她：「妳可以畫給我看嗎？」

我把筆和紙遞給她。她畫出一條河，兩人並肩站在河岸，還有一艘船。

「我看一下。」我注視著她的畫，然後說：「我告訴妳謎題時，妳的猴子詮釋了我對場景的描述——就是妳畫的這樣。」

瑪麗笑說：「我腦中的圖像比較逼真。」

「我想說的是，妳猴子有某些推測，而妳嘗試根據推測來解謎。」

「妳是說，猴子給我的不一定是正確場景？」

「嗯。」我聳聳肩「檢視一下妳的推測無傷大雅。」

「要怎麼做？」

「我們來試試看。妳看著自己的畫，我重新描述一遍，妳再衡量那是不是唯一的詮釋，還是仍有其他可能。」

我靜靜再把謎題講一遍，瑪麗專注看著自己的畫。我講完後，她思索了一下子，然後滿懷期待說：「妳沒有說兩個人站在同一條河邊。」

「沒錯，我的確沒那樣說，但可惜那不是謎底。不過，妳質疑了自己的假設，所以加一分。」我眨眨眼說。

瑪麗說：「我的猴子一直在講河邊的人欸。」

我們踏上了威克洛步道最後一段路線，預計從圓木鎮走到恩尼斯凱里，度過回家前的最後一夜。

我說：「我們今天談談如何讓妳的猴子安靜下來。我相當肯定，只要讓猴子休息一會兒，妳將有機會找到謎底。不過，我想先再稍微談一下壓力反應的來源，以及該怎麼做，才能減少壓力。」

我們走在美不勝收的林間小徑，四周一片靜謐。

透過感官接近世界，心態保持開放；接受此時此地，擁抱當下的智慧。
唯有如此，內在的聲音才能引導你。

我於是建議：「我們先安靜一會兒吧。」我聽見靴底枯枝與針葉傳來的喀嚓聲，感受呼吸與心跳隨著步伐調整。特別是，我聽見了寂靜。

走出昏暗樹林後，我們稍作休息，補充水分。這時瑪麗問：「所以壓力反應怎麼產生的呢？」

「我最好還是舉個例子解釋給妳聽。當我們不得不從事討厭的任務、工作、舉辦活動，就會產生負面情緒。尤其必須長期進行的時候，更是如此。」

我們把水壺塞進背包，再度出發。

「身處不合適的環境時，大腦會引發負面感受，例如壓力，向我們發送信號。」我接續說。「我這裡所謂的環境，指的是我們需要解決的任務、和我們共度時光的人，以及我們閒暇時從事的活動。接著，進一步審視這個等式中的我們是誰，就會看見我們的天賦、能力、需求、個性與興趣。」我放慢腳步，強調說：「絕對不要低估興趣的重要性。即使妳擅長做某件事，不代表妳也喜歡這件事。」

瑪麗蹙起眉頭，一臉不可置信。

「我始終堅信，僅是圓滿達成任務還遠遠不夠，更重要的是樂在其中。從事喜歡的事情，即使沒那麼擅長，大腦也會產生正面情緒，進而又賦予我們能量和動機，去學習解決任務所需要的一切。」

「就像妳的畫畫。」瑪麗插嘴說，哈哈大笑，紅髮跟著甩了甩。

我搔搔她的腰。

「我喜歡畫畫，就算沒有繪畫才能也一樣，我畫得很開心。」我回她說。「總之，當我們的能力或願望與周遭環境出現差異，大腦就會透過壓力傳遞這種落差。」我繼續剛才的話題：「壓力會消耗大量精神能量，完成一天義務工作後，即使尚未下班，我也已經精疲力竭。這無關乎工作內容的一般要求，而是與我面臨的特定挑戰有關，因為我這個人有自己感興趣與不感興趣的事物。在這種情況下，我的精神電池只是不斷花在處理壓力上，而非真正的工作或任務。對於其他認為那些工作內容不是義務而是樂趣的人來說，能夠一整天做喜歡的事，或許反而感覺活力充沛。」

瑪麗陳述說：「可惜我們有時候就是得去做不喜歡的事情，這就是人生啊。我們不可能因為不喜歡某些業務，就辭掉工作的。」

「妳說得完全正確。」我回答她：「發現自己失去活力時，我們要問自己另一個問題。」

瑪麗滿懷期待地看著我。

「我們必須問自己能否改變身處的環境？一旦發現自己終日挫折沮喪，悶悶不樂，就值得考慮是否該另尋新環境了。」

「就像克利絲蒂娜嗎？她工作明顯不開心，還要面對龐大的壓力。」瑪麗說。「可是，大概要這種極端的情緒經驗，才有辦法改變現況吧。」

「瑪麗，只要有強烈的需求，肯定就能改變事情。不過，唯有坦誠面對需求，改變才有可能。可惜有些人總要到極度不快樂，才終於願意改變。」

「像凡妮莎和克利絲蒂娜一樣。」

「壓力若是太大，我們會失去與自己的連結，陷在思緒裡無法自拔，脫離自己的感受和他人。」我繼續又說。「幸好並非人人都必須如此。只要打開我們的感官，內在的智慧就會引導我們。克利絲蒂娜說得很好：『為什麼要害怕？我們與自己同在。』」

瑪麗好奇問：「妳怎麼知道自己想做什麼？」

「離開學術工作後，我將喜歡完成、期待去做或做得廢寢忘食的事情，列成一張清單。這份清單讓我大概理解哪些事情能讓我感到滿足。」我看著瑪麗。「妳也有這樣一張清單嗎？」

她停頓了一會兒，想了想。

接著，她開口說：「我喜歡運動，如果太久沒有活動，會覺得坐立難安。」

她又停了一下「看書或和妳在廚房忙的時候，我會忘記時間。」

「妳喜歡在廚房做事？」我簡直不敢相信聽到了什麼。

「沒有那麼喜歡啦，可是我喜歡和妳在一起，天南地北什麼都聊，我覺得很讚。」

「那我就放心了。我還以為錯過妳成為了一名大廚呢。」我取笑說：「我也很享受我們一起煮飯、討論事情唷。」

我們挽著手，靜靜不說話繼續前行。丘陵起伏，各種色調的綠無邊無際，層次豐富，令人心曠神怡。

「不過，我不是列出清單就結束了，還思考這清單有助於我從事哪些工作。到頭來，重點還是在反覆嘗試。」

陽光正好穿破雲層，照得我直眨眼。我又說：「我非常清楚，神經科學與理解大腦是我最熱愛的事。還在科學界的最後一年，我受邀在一群講師面前演講。他們希望我談談大腦的運作方式，以及如何將這門知識融入他們的日常工作；此外，也詢問我能否針對這個主題召開研討會。在此之前，我只對其他科學家演講過，從未主持過研討會。即使如此，我仍接下挑戰。我仍記得自己當時有多不安，研討會舉行前一天，猴子讓我一整晚睡不著覺。但是妳知道嗎？我做得非常開心！演講反應熱烈，讓我一整天充滿活力，看見了許多能貢獻一生的事情。」

「嘗試新的事物，可以找到自己的樂趣所在。」瑪麗總結說。「可是，就算我知道我喜歡健行，那又怎麼樣呢？對我找到喜歡的工作，有什麼幫助？」

「我們在此談的是找到妳的人生道路，找到能讓妳實現自己的事物。那不僅僅只是找到賺錢的方法。妳可以問問自己，為什麼喜歡健行？」

瑪麗立刻回答：「因為我喜歡親近大自然。」

「妳為什麼喜歡大自然呢？」

「我不知道。我覺得很放鬆，感覺很舒服，尤其是在戶外做運動的時候。」

「妳還喜歡健行什麼？」

瑪麗想了一下，往前走了幾步，然後轉過來，「我們在一起聊天。」她臉上煥發光采。

「為什麼我們在一起讓妳快樂？」

「因為妳是我媽，我愛妳。」

改變生活需要許多勇氣，並作好真正的心理準備。

我站在她面前，微笑凝望著她，嘖一聲親了她臉頰。

我問她：「妳明白我剛才在做什麼嗎？」

「妳問了我一堆為什麼！」

「沒錯。透過反問或提出『為什麼』，能揭露我們做決定或者行為背後最深層的需求。借助這些問題，妳清楚解釋妳喜歡親近大自然，而且運動對妳很重要。許多活動都能讓妳徜徉在大自然中，不一定只有走這條健行步道。重要的是，找出滿足自身需求的方法，同時融入生活當中。」

瑪麗指出：「這沒那麼容易。」

「我再多講一點，或許妳就能了解。」我鼓勵瑪麗。「從剛才的對話中，我聽出愛與人際互動對妳很重要。由於妳滿足了需求，也就是和我一起走威克洛步道，所以很開心。還有一點也很清楚的是，我們不一定要走這條步道，才能滿足妳對愛與關係的需求。我們一起置身在大自然中才是重點，對嗎？」

瑪麗撥弄著頭髮，思索了一會兒，然後說：「是的，沒錯。重點是確保我有足夠的時間與家人和朋友相處。」

我點頭。「透過我不斷反問，我們發現妳喜歡親近大自然、熱愛運動、樂意與他人相處，尤其是家人，這些都是妳在意的需求。」我總結說。「這樣的話，要是找不到能滿足這些需求的工作，就找一份工作讓妳在下班後有空閒做這些事。」

「但是，如果滿足這些需求讓我快樂，不這樣做的話，不就太浪費了嗎？」瑪麗有點困惑地說：「我還是會擔心找不到合適的工作，畢竟花在工作上的時間非常多啊！」

「我們再來玩一次同樣的遊戲：為什麼妳需要工作？」

「要賺錢啊。」

「為什麼一定要賺錢？」

她回答：「因為我要吃飯，要有地方遮風避雨，還要一輛車。」

「妳為什麼需要這些東西？」

「沒有食物，我就活不下去；我需要房子或公寓來保護自己，也就是為了我的安全。至於汽車……我想……也許我根本不需要車。」

「要是我沒有誤會妳的意思，自身的安全與庇護，是妳必須藉由工作或賺錢來滿足的一個基本需求，正確嗎？」

瑪麗同意說：「是的，正確。」

「我歸納一下：對妳的大腦而言，首要之務是滿足這種安全基本需求。而妳要如何實現，完全取決於妳！只要能滿足妳最深、最重要的基本需求，妳可以自己決定要做的活動與事情。為什麼要從事不喜歡的工作，來滿足妳對於安全的需求？找一份喜歡且能實現自我的工作，同樣能達到這個目的。」

「那樣我就會幸福快樂？」

我解釋：「至少能找到人生道路，而那就是滿足感所在之處。」

瑪麗說：「那凡妮莎呢？她沒辦法辭掉工作，因為買了大房子和昂貴汽車，必須支付貸款。」

我對她眨眨眼，問：「妳覺得豪宅比小房子更讓妳滿足嗎？」

「可是住豪宅很棒啊！」

「瑪麗，那麼我們也要問自己，這種奢華要付出哪些代價，例如是否值得因此放棄自己的快樂。克利絲蒂娜說得很好：『心裡沒有喜瑪拉雅山，登上喜瑪拉雅山一點意義也沒有。』」

我們來到了山頂，我的肚子開始咕嚕咕嚕叫。

瑪麗興奮說：「這次健行，見識到了好壯觀的美景啊！」我們眺望著泰湖（Lough Tay），一座如詩如畫的山中小湖，鑲嵌在兩座山與盧加拉（Luggala）的花崗岩之間。瑪麗站在斷崖邊，張開雙臂，胡鬧說：「我要飛下去，到湖裡游一圈囉。」

我笑著說：「也許妳要先練強壯一點。」然後站到她身旁。

「好吧，那以後再說。」

我們找了一處避風的小地方，準備吃午餐。太陽又告別了，消失在雲後面。

「如果無法改變自己的情況，該怎麼辦？或者是不想改變呢？」

我思索了一下。「妳說的情況是指會消耗精力，也就是讓我們感到沮喪或有壓力？」

瑪麗點點頭。

「不得不與討厭的同事或上司共事、從事無相關技能的工作，或者必須完成厭煩的業務，相當耗費大腦精力。如果我們受困其中，能量不斷流失，首先要問自己的是：是否想要或者能夠改變現況。我們不能換掉上司或改變他人，雖然我們很想那麼做。如果情況令人無法忍受，影響到生活品質，當然值得嘗試尋找更適合的新環境。」我解釋著。「但是，我們要有心理準備，仍有可能遇到自己受不了的人，這是避不掉的。」

瑪麗發覺說：「若是這樣的話，不一定要換環境。」

「沒錯。遇到這種狀況，我們要問一個重要問題：能否接受目前的狀況。」

瑪麗思考了一會兒。

「我怎麼能接受我受不了的人？如果這個人就是很難相處，怎麼辦？」

「接受與認同是有差別的。接受自己改變不了他人這個事實，不代表要認同對方的行為。妳只是告訴自己：『我知道我不喜歡這個人，而

既然無法決定腦中出現的想法，為何要與之對抗呢？不如接受，再讓它輕輕離開。

那沒有關係。我也不可能改變他。』」繼續說下去之前，我給瑪麗一點時間先消化。「如果不接受這一點，將會無止盡消耗妳的精力。越是掙扎於無法改變的情況，結果只會越來越糟。這就是所謂的『矛盾反彈效應』（Ironische Rebound-Effekt）。相反的，若能接受現狀，反而會創造奇蹟。」

「沒錯。」瑪麗若有所思回答說。「我們的確沒有辦法改變別人。」

「可是我們能接受他們，瑪麗。那將免除我們許多挫折。」我微笑補充說。「而且妳知道嗎？還是有好消息的。世界上還有一個人，是能受我們影響的……」

我看見瑪麗的腦子正在運轉。

「我自己？」

我們相視一笑。

「沒錯，妳永遠能調整自己。這種自我調節，賦予了妳做決定的自由。這是相當優秀的人性特質，對生活很有幫助。」我清清嗓子，繼續說下去。「神學家萊茵霍德．尼布爾（Reinhold Niebuhr）在他的〈寧靜禱文〉中做了精闢的結論：

上帝啊，請賜我以寧靜，接受無法改變之事；
請賜我以勇氣，改變能改變之事；
且賜我以智慧，分辨應接受抑或改變。」

一群青少年蜂擁而至，挑了同一個地方歇腳。我們靜靜吃完三明治，看了一眼地圖。下坡前往恩尼斯凱里之前，還有個上坡在等我們。我們收拾好東西，再度繼續上路。

「可以多講一點自我調節嗎？」

慢慢開始下坡了。

「我很樂意向妳解釋如何優化自我調節。我們提過，大腦製造關於我們自己、他人、我們的過去與未來等想法。」

瑪麗接著補充：「妳說過，我們的想法與思緒會影響感受、動機，最後是我們的生活品質。」

「是的。除此之外，我們的成就來自於潛能減掉內在障礙。潛能由天賦、才能、經驗、興趣與專長組成。前額葉皮質深深影響工作記憶、計畫、行為模式、實現目標、學習與其他事情。我們需要前額葉皮質，幫助我們進行許多可發揮潛能的活動。」

瑪麗咧著嘴笑說：「是的，那就是精神電池的作用。只要充飽電，我們便精神強大，能拿出最好的表現；一旦沒電，就沒辦法達到最佳狀態，例如我們那次去游泳。」

我聽了哈哈大笑。

「我那時真的沒有享受到游泳的樂趣！現在回想，我已能一笑置之，當時我可是精神快要崩潰，精疲力竭，我的精神電池瀕臨極限！」

「哎呀，媽媽，真的不好意思啦。」

「沒事的，寶貝！」我安撫她，又接著說：「內在障礙會阻礙我們的成就，這點妳已經知道。內在障礙始終與某種情緒連結，例如不安、恐懼或者壓力。而杏仁核在這類感受形成上扮演重要角色。」

瑪麗微笑看著我。「妳和妳的杏仁核……」

女兒說得對——我又回到本業，如魚得水了。「如果工作完全不適合妳，大腦就會亮出紅牌，發出壓力訊號，促使杏仁核活化。」

瑪麗補充：「經歷強烈的壓力反應，會喪失能量，電池消耗得更快。」

我繼續解釋：「沒錯，所以我們可以尋找合適的環境。認識自己最深層、最重要的需求，以及滿足需求必要的相關事項，在尋找環境時幫助很大。」

瑪麗回答：「若無法改變或不願意改變，導致能量耗損，第一步是接受，但不表示要認同！」

「就是這樣！那可能是必須共事的同事，或者沒興趣卻不得不解決的任務。還有，想想公開演出。有許多狀況，都會被猴子分類為棘手或者帶來壓力，光是那樣，便足以提高杏仁核的活躍程度。」我解釋。「接受這類狀況，就是在練習自我調節，因為那暗示我們接受自己面對狀況的內心反應。狀況並非存在於外界，而是我們的頭腦裡。不喜歡某個人或不想完成任務，是人之常情；上臺唱歌前感到緊張不安，完全沒關係；對別人或某些情況有負面想法與感受，也是正常的。就是這樣。不過，要如何處理這些想法與感受，則與自我調節有關。在這一點上，我們可以採取主動、承擔責任。自我調節，會大大改變我們與自己的關係。」

你的決定反應你真正的期望，而不是符合別人甚至是社會的希望或期待。

「這時是安撫猴子的重要時刻了嗎？」

「對，妳看得非常清楚。」我再次接續話題：「當初了解這一切之後，我開始尋找自我調節的策略，希望降低杏仁核的活躍度，同時幫精神電池充電。因為那正是我們釋放潛能、改善績效所需要的。」

「然後成為最佳的自己。」瑪麗補充說。「外婆知道她那番話對妳產生什麼影響嗎？」

「嗯，知道，我後來告訴她，我整個研究都是以此為目標。無論妳相不相信，聽過我解釋之後，她自我調節能力大大增強了。」

瑪麗驚呼：「妳不是說真的吧。」

「是真的。不過，之後再多告訴妳一點。」

瑪麗喊著：「哇，這上坡好陡喔。」

「我很開心腳下又是鋪設良好的木棧道了，不用踩著碎石爬上白丘

（White Hill）。」我上氣不接下氣說。

風速變強了，氣溫明顯下降。我放慢腳步，觀察自己爬坡時的呼吸和心跳。爬得越高，霧就更濃，於是我們決定不要攻頂朱斯山（Djouce Mountain），而是繞著頂峰下面健行就好。有些地方雖然起了霧，視野依舊壯觀迷人，綠色田野與小村莊仍清晰可見，當然還能瞥見愛爾蘭海。多麼幸運這次旅行能夠成行啊。我打從心底充滿感謝！

「我們說到哪兒了？」我們開始下山，我問著。「噢，對了，自我調節的策略。特別有一種策略，效果已獲得科學證明。如果規律執行，妳將注意到兩個重要的變化：首先，杏仁核會平靜下來，不像以前那樣快速被觸發，強度也比較小；之前導致壓力產生的情況，也不會再讓妳覺得那麼糟了。」

「噢，聽起來很有希望呢！」

「確實沒錯！想想上臺演出的例子：如果妳經常使用這個策略，上臺前就不會那麼緊張。換個說法，妳內在障礙的最大來源，會明顯減少！」

瑪麗喃喃說道：「也就是說，內在障礙的力量減弱，更容易充分激發潛能？」

「是的。我說的釋放自己的潛能，就是這個意思。還有更好的。如果定期運用這個策略，將明顯提升大腦皮質許多功能。科學證實，實行這策略的人，更加富有創造力，可做出更好的決定，並改善記憶力和專注力，處理訊息效率也更高。這些都只是經過科學證實的幾個優點罷了。」

瑪麗臉上仍寫著問號。

「那和健康的關係呢？昨天和克利絲蒂娜在一起的時候，妳說杏仁核活性升高，將弱化免疫系統。現在只要應用這種策略，杏仁核就不會受到強烈觸發，意思是比較不容易生病嗎？」

「是的，這樣說沒錯。杏仁核若是太活躍，人容易生病，想靠抽菸或者喝酒消除壓力，只會更加惡化。壓力反應過度，大量耗損精神能量，造成依賴精神電池供應能量的所有功能退化。處於壓力之下，人眼中只有自己，無法關照他人，那是因為腦中猴子異常活躍，奪走了所有注意力。」

「運用妳的策略，這些負面結果就會煙消雲散？」瑪麗的聲音透著疑惑。

「不是，那樣有點誇張了。」我笑著回答：「不過，只要固定練習，猴子普遍會安靜下來，變得更加冷靜，自然而然改善杏仁核過度活躍造成的負面效果，減少壓力、擔憂、恐懼與緊張等感受。研究還表明，普遍的幸福感與個人生活品質明顯提升；負面想法也相對減少，進而對社會行為產生正面影響，促進人際溝通；同時還強化了共感能力，情緒智商和社會智商都提高了。」

「這真是萬靈丹。」瑪麗說。「妳說的這個策略叫做什麼？」

我們已經走下朱斯山，來到河邊木橋，河流從巨石間穿梭而過。過了一會兒，我看著瑪麗說：「我說的策略是正念冥想。」

「什麼？」瑪麗十分訝異。「透過冥想進行自我調節？妳確定嗎？這完全不是我期待的答案耶！」她有點懷疑。

我臉上泛起微笑。「我接觸正念冥想的情景至今仍歷歷在目。當時，我在辦公室閱讀一篇相關文章。正準備讀第二次時，腦中猴子不停勸阻我，品頭論足說：『冥想是神祕主義者才做的！』或者『別告訴同事妳在冥想！』我的猴子煞不了車。雖然如此，我記得自己深深受到文章啟發。第一次閱讀時，這種感受已經流過全身，促使我重新關注這個主題，並質疑自己對於正念的成見，畢竟那是一種我所知不多的技巧。」我承認說。

瑪麗說：「雖然我經常聽到『正念』這個詞，卻一直提不起興趣。」

「冥想有許多種形式。」我繼續說。「我們現在談論的是非常特別的一種形式，也就是正念冥想。」

她好奇提問：「正念冥想要怎麼練習？」

「這正是奧祕所在。」我回她說。「要想體會這種正面效果，必須理解正念冥想的核心，那是正念冥想與其他冥想不同之處。」

一對年輕情侶在橋上迎面走來，忽然停下腳步，熱情擁吻起來。

瑪麗故意逗我說：「接吻也是一種冥想嗎？」

「這樣說吧，做任何事都可以全神貫注，保持正念。如果兩個人忘我激情擁吻，我認為那就是了。」我笑著對她說：「至少，親吻對免疫系統有好處。」

瑪麗妥協說：「還是回到了冥想這個話題。」

「是的！妳剛才提到思緒會到處亂飄，對嗎？」

瑪麗點頭。

「大腦裡有許多網絡，其中一個叫做『預設模式網絡』（Default Mode Network），沒做特定事情的時候，預設模式網絡就會啟動。只要一活化，思緒就會飄移，溜到四面八方，和當下的狀況完全無關。預設模式網絡具有許多功能，不過我們集中在飄移的思緒上。」

瑪麗點點頭，專心聽著。

「進行正念冥想，不會啟動預設模式網絡，而是大腦另一個網絡，所謂的『直接經驗模式』（Direct Experience Network），亦即透過感官覺察到的直接經驗或即時經驗。那是透過直接感官經驗得到的知識，無法完全訴諸言語。」

「喔，媽媽，我們現在又進入神經科學最深奧的地方了……」

「好吧，再給我一次機會：正念的神奇之處在於，這兩個網絡無法同時啟動。也就是說，啟動直接經驗網絡，就能抑制預設模式網絡。」

瑪麗問：「那猴子就會安靜嗎？」

「是的。藉由正念冥想的幫助，我們也能安撫猴子。」

瑪麗眺望遠方，似乎在思考。

「要怎麼活化直接經驗網絡呢？」

「如同剛才所說，直接經驗網絡與我們的感官緊密連結，也就是視覺、聽覺、味覺、嗅覺與觸覺。全副注意力集中在感官經驗，就啟動了直接經驗網絡。」我解釋著。「前天，妳把手伸進冰水裡，非常清楚意識到皮膚的感受，那就是直接經驗，是純粹的感受，不去評價或者詮釋這種經驗。」

透過正念冥想，更能感受到要為人生付出什麼，或是賦予什麼樣的意義。

「然後思緒就會冷靜下來？」瑪麗不太相信。

「大腦無法同時思考又進行直接感官體驗，關閉預設模式網絡，思緒也會跟著止息；猴子變得安靜，甚至是不說話。但時間不長，沒多久又開始喋喋不休了。妳覺得猴子要安靜多久，才又開口呢？」

瑪麗笑著回答：「幾秒嗎？」

「最多就幾秒沒錯。」我確認說：「進行正念冥想時，將注意力集中在某一個感官上，能有意識地活化直接經驗網絡，同時冷卻預設模式網絡。只是可惜要不了多久，思緒又會快速游移。這時，我們便分心了，或者大腦自動冒出與目前狀況毫不相干的想法或圖像。現在，重點來了，」我慎重其事說，「進行正念冥想時，思緒若是飄來跑去，無需心浮氣躁。承認這個事實的存在，把思緒拉回當下正在覺知的感官上就可以了。」

「啊，我想我懂了。」瑪麗鬆了口氣說：「妳可以告訴我，怎麼活化直接經驗網絡嗎？」

「妳有沒有興趣一起做個小小的練習？」

「當然有興趣！」

「來，我們坐到河邊的岩石上吧。」我們沿著大石頭爬下斜坡，走向河邊的岩石，岩石周圍生長著茂密的蕨類。

我說：「這裡比較隱密一點。」

我們卸下背包，攤開夾克，坐了下來。

「練習正念冥想的方法各式各樣，但有一個共通原則，那就是將意識放在某個感官上，不要進行任何評價與詮釋，就這樣活化直接經驗網絡。某個時候，思緒會忽然跑掉，活化預設模式網絡。一旦意識到這點，再小心將注意力拉回感官上就行。練習時間長短不重要，因為引導妳進行正念冥想的，始終是這些基本原則。」我微笑望著女兒。「妳坐得舒服了嗎？」

瑪麗點頭。

「我自己覺得閉上眼睛比較容易進行。如果張著眼，猴子會評論我看見的東西。要是妳覺得閉眼不舒服，也可以選擇注視腳前幾公尺某一個點。」

瑪麗說：「我想我也寧可閉著眼睛。」

「身體坐直，確保呼吸順暢。為了讓妳熟悉練習，我們採取三個方法活化直接經驗網絡。首先，是觸覺，集中注意力覺察手掌的感受，先把雙手張開，放在大腿上。第一分鐘，將全副注意力放在手掌，感受手掌有什麼樣的感覺。記得不要做出任何評斷，單純感覺就好。如果開始評斷或詮釋手掌皮膚的感覺，大腦裡的猴子就會開始活躍起來。一旦發生這種情況，記得把注意力拉回來。去感受妳有什麼樣的感覺，接受感覺到的一切。一分鐘後，我會說『呼吸』，到時候專注在自己的呼吸上，但是不要改變呼吸的方式。意思是，覺察身體的律動或空氣進出肺部，或也可以注意胸腔或肚子一吸一呼時的起伏。最後一個練習，將注意力放在周遭的聲音上。我說『傾聽』時，只要注意聲音，單純去覺察聲音就好。聲音可能很遠，也可能近在身邊，例如河水或者風聲。不過，也有可能是耳裡的搏動。同樣的，如果猴子發表評論，覺察它，然後一樣將注意力放在傳入耳裡的聲音。」我停了一會兒，意識到瑪麗全神貫注看著我。

「準備好了。」瑪麗說完，閉上眼睛。

「妳準備好了嗎？」

我們第一次共同的正念冥想，還有比威克洛山國家公園河岸旁更美好的地點嗎？我心懷敬畏與感激地想著。

結束冥想，睜開眼睛後，瑪麗微笑說：「感覺有點奇怪。」

「奇怪？怎麼說？」

「我覺得很放鬆，但是很難拉住思緒不分心，感覺猴子一直要講話。」她解釋說。「最簡單的部分是呼吸。」

我說：「第一次做正念冥想的人，多半體驗到猴子有多忙碌，自己又有多麼容易分心。我們常常沒有意識到許多思緒不停在腦子裡嗡嗡作響，影響我們的感受與行為。別忘了，重點不在於什麼都不想，如果這是中心目標，冥想將會變得非常辛苦。相反地，我們應該將意識引導至此時此地。這樣做，就能活化直接經驗網絡，預設模式網絡自然而然失效，飄移的思緒也就消失在背景裡。如果思緒又想取得掌控權，再輕輕把意識拉回來，專注在此時此刻覺察到的感受上。說穿了，這是種意識練習，而不是放鬆練習，精神放鬆是正念冥想自然出現的副作用。」

「好有趣啊！我現在也了解為什麼這個簡單的練習能有如此厲害的效果了。我們的思緒會觸發感受，正面與負面都有。藉由正念冥想，思緒變得平靜一點，大有可能引發比較少的壓力。」瑪麗思考說。

「沒錯，就是這樣運作的！」我又為女兒的聰慧感到驕傲。「練習正念冥想，可以減少預設模式網絡的活躍程度，進而使猴子放鬆下來，思緒不再經常觸發杏仁核，強度也沒那麼大。」我補充說。「如果長時間感受到壓力，猴子最後過度興奮，我們就再也停不下來了。」

瑪麗說：「所以克利絲蒂娜度假時，很容易心不在焉，就連去喜瑪拉雅山，也沒有辦法好好感受。」

「而凡妮莎很難擺脫工作狂的狀態。」我繼續說：「她完全困在自己頭腦裡。十年來，她的猴子處於工作繁重的狀態中，牠有何理由去講別的事情呢？猴子講的基本脫離不了工作，所以我們最常聽到的就是這些。」

「然後忘了要去聆聽外在世界。到最後，眼裡就只有自己，也只聽得見聒譟不停的猴子。」

「這就是人壓力太大的時候，沒辦法和別人好好說話的原因。更糟糕的是，他之所以聽人講話，不是想理解對方，而是要伺機打斷。猴子清楚告訴妳必須打斷對方，因為妳有話要說！」

「啊，我懂。」瑪麗說。「生氣的時候，尤其更難反抗猴子。」

「不過，如果經常練習正念冥想，猴子冷靜下來，我們也就有空間選擇適合眼前情況的反應。而那不一定是猴子推薦的反應！」我解釋著。「我們生氣或緊張時，杏仁核受到刺激，猴子變得興奮，甚而或許大吼大叫。牠叫得越大聲，要反抗牠越不容易。」

「當猴子和杏仁核因為練習正念冥想而平靜下來，我們就能主動決定要怎麼應對了。」

「沒錯，由我們自己決定。沒有人喜歡失控的老闆，沒有人喜歡失控的另一半，也沒有人喜歡失控的父母。瑪麗，那就是我們的選擇自由，是為自己行為負責的空間。我認為這是人類所擁有的美好特質，那

我們能決定自己的信念，這是事實，更是一種力量，因為那能幫助我們成為更好的自己。

就是智慧。」

我們靜靜坐了一陣子，才又上路。我們上坡穿越宛若叢林的樹林後，遠方傳來鮑爾斯考特瀑布淙淙水聲，我才意識到距離恩尼斯凱里已經很近了。

「要多久練習一次正念冥想，才能產生正面效果？」瑪麗問，一邊撥開掉到臉龐的紅髮。

「規律非常重要，許多探討正念冥想效果的研究顯示，約莫要持續八週以上。如果規律進行冥想練習，最好是每天，很可能幾週即出現正面效果。」我回答。「首先，多半會感到內心平和，一種內在的寧靜。妳會睡得更好，感覺壓力較小，也比較不容易衝動。」

「所以是每天花幾分鐘冥想，就像我們今天做的那樣？」

「黃金規則是：專注在感官正經歷的事情上，不要加以評判，藉此活化直接經驗網絡。妳可以自行決定要專注於呼吸，或如同先前做的那樣察覺手掌的感受，許多人直接選擇觀察呼吸來練習冥想；也有人借助掃描身體；還有人則是處於全然的安靜中。多嘗試不同的正念冥想，最後會找到適合自己的方式。剛開始，我建議妳每天練習五到十分鐘，一旦感覺舒服自在後，可以延長到十五分鐘。最後若能每天冥想十五到二十分鐘，就是很好的開始。例如我喜歡週末安排長達三十到四十五分的冥想。傾聽身體的聲音，妳會發現對自己最好的是什麼。」

「妳什麼時候冥想？」

「一天開始和結束時，我會短暫冥想。那幫助我將意識拉回此時此地，不要迷失在過去與未來的思緒當中。所謂正念，就是完全不帶評判去感受當下。」我回答。「評判我們身邊一切的，一直是那聒譟不停的猴子。不過，只要專注在自己的感官感受上，活絡直接經驗網絡，就能讓不斷批評的猴子安靜下來。」

瑪麗說：「然後我們不再評判，而是接受正在發生的事，不再激動生氣了？」

「是的，接受非常重要。正念練習時，我接受當下身邊的所有一切。思緒一旦變得活躍，我把意識拉回感官上，接受思緒的出現，並讓它再度離開。既然無法決定腦中出現的想法，為何要與之對抗呢？那只會讓情況更糟。所以寧可接受，再讓它輕輕離開。」

「也許說的比做的容易。」瑪麗說。「我還不太理解的是，如果我很混亂或是生氣的時候，要怎麼運用正念？假設我和人辯論，正火冒三丈，總不能閉上眼睛，開始冥想吧？」

「妳當然可以這樣做，只不過絕對無法讓對方冷靜下來。」我玩笑說。「只要規律冥想，猴子和牠的壓力反應就會減緩。執行幾個星期後，即使不是正在冥想，也感覺比較平和、比較冷靜。也就是說，面對棘手的困境，猴子和壓力不會那麼激烈。當然，困境依舊棘手，但是妳感覺一切在掌握之中。所以長期規律進行冥想，透過接受自己的想法，察覺身體的變化，便能在困境中快速減少自身壓力，而不是任由吵鬧的猴子左右。」

瑪麗興奮地說：「要是真的能這樣，那就太棒了。」

「幾年前，外婆忽然得了恐慌症。醫生診斷她的身體一切正常，要處理的是減少她內心的壓力。我把我的研究講給外婆聽，告訴她正念的重要性。她因此更了解自身的問題，從此之後每天冥想。現在她內心平和，生活品質明顯改善。她總是對我說：『有正念冥想，是多麼幸運啊！』」我說完這個小故事後，深深吸了口氣。

我們抵達恩尼斯凱里的旅館，走進房間，我脫掉登山靴，躺到床上。最後一抹陽光穿透屋頂小天窗，溫暖了我的臉。我閉上雙眼，想起瑪麗的問題：「我是誰？我想成為什麼樣的人？」這也是一個我經常問自己的重要問題。隨著歲月流逝，我學會找出自己不喜歡的事物反而比較簡單。相較之下，要說出生活中什麼讓我感到幸福滿足，其實更困難。這個問題的答案，形塑了我的人生道路。不過，我需要時時思考這個問題，重新適應答案，免得偏離人生道路。

瑪麗輕撫我的手臂。「妳睡著了嗎？」

「沒有，我在想事情。」

「還可以問妳問題嗎？為了要找出我想要在生活中獲得什麼，擁有什麼樣的生活，我應該多多探究並嘗試不同的事情嗎？」

「沒錯。」我回答。「即使妳不清楚自己要尋找什麼，也不會就此迷失在生活的漩渦裡，而是表示要多多探索人生。重要的是，打開妳的感官，別不知變通。透過感官接近世界，心態保持開放；接受此時此地，擁抱當下的智慧。唯有如此，內在的聲音才能引導妳。正念協助我們找到自己是誰，找到什麼東西對自己是重要的。」

瑪麗笑說：「我從來不是一個人。」

「沒錯，妳始終有自己相伴。」我對她眨眨眼。

瑪麗泡了茶，我感激地接過杯子，她神采奕奕，充滿生命喜悅。

她說：「我都不知道外婆的事情，她在妳離家前告訴妳的那番話，有了這樣一個圓滿發展，我覺得很感動。」

我微笑凝視著她，幾乎落下眼淚。「外婆的確發揮很大的影響，因為她說人生最高成就是成為最好的自己。從此以後，我深切明白正念冥想對於個人持續不斷的發展有多重要。不過，我也能想像自己早晚會認識到這一點。重要的是，透過正念冥想，更能感受到要為人生付出什麼，或是賦予什麼樣的意義。只要我們保持接納與開放的心態，就能找到應該找到的東西。」

「自己的人生道路。」我聰明的女兒結論說。而我的心，也無窮寬廣起來。

瑪麗坐在旁邊床上，拿出一張紙，畫了兩個人站在河邊。兩個人都想到對岸，只有一艘船，每次只能載一個人過河，儘管如此，兩個人仍舊抵達了對岸。怎麼辦到的？

我伸伸懶腰，感覺身體慢慢放鬆下來。

「妳沒有明確說過這兩人是站在同一邊的河岸！」瑪麗忽然大叫。

我轉過頭看著她，露出了驕傲的笑容。

謝謝約瑟芬和瑪露，妳們是我的靈光。

國家圖書館出版品預行編目資料

正念旅程：一段激勵內在潛能的啟蒙之旅／卡蘿莉恩.諾特貝特（Karolien Notebaert）著；管中琪譯.
-- 初版. -- 臺北市：平安文化有限公司, 2024.12
面； 公分. --（平安叢書；第824種）
（Upward；166）
譯自：Drei Tage, zwei Frauen, ein Affe und der Sinn des Lebens：Eine inspirierende Reise zu unseren Gedanken, Gefühlen und unserem verborgenen Potenzial.

ISBN 978-626-7397-94-7（平裝）

875.6 113017507

平安叢書第0824種
UPWARD 166

正念旅程

一段激勵內在潛能的啓蒙之旅

Drei Tage, zwei Frauen, ein Affe und der Sinn des Lebens: Eine inspirierende Reise zu unseren Gedanken, Gefühlen und unserem verborgenen Potenzial

作　　者—卡蘿莉恩・諾特貝特
譯　　者—管中琪
發 行 人—平　雲
出版發行—平安文化有限公司
台北市敦化北路120巷50號
電話◎02-27168888
郵撥帳號◎18420815號
皇冠出版社（香港）有限公司
香港銅鑼灣道180號百樂商業中心
19字樓1903室
電話◎2529-1778　傳真◎2527-0904
總 編 輯—許婷婷
執行主編—平　靜
責任編輯—林函鼎
美術設計—嚴昱琳
行銷企劃—蕭采芹
著作完成日期—2022年
初版一刷日期—2024年12月

法律顧問—王惠光律師

讀者服務傳真專線◎02-27150507
電腦編號◎425166
ISBN◎978-626-7397-94-7
Printed in Taiwan
本書定價◎新台幣380元/港幣127元